Denis Johnson

海の乙女の惜しみなさ

デニス・ジョンソン　藤井 光［訳］

白水社
ExLibris

海の乙女の惜しみなさ

ジョー、
カーター、
ウィンキー、
ボビー・Z

海の乙女の惜しみなさ　目次

装 丁
緒方修一

装 画
Sam Messer

海の乙女の惜しみなさ

The Largesse of the Sea Maiden

静寂

夕食が終わっても、誰もすぐには帰らなかった。みんな食事を心から楽しんだので、エレインがまた料理を最初から出してくれたらと願っていたのだろう。そこにいたのは、妻のエレインのボランティア活動で知り合った人たちだった――私の仕事、広告代理店での知り合いは一人もいなかった。私たちは居間に座って、人生で耳にした一番大きな音は何だったかを語っていた。ある人は、もう愛していないから離婚したいと告げた妻の声だと言った。別の人は、冠動脈血栓症を起こしたときの自分の激しい鼓動の音だという。ティア・ジョーンズは三十七歳で孫が生まれたが、十六歳の娘が抱いていた孫娘の泣き声くらいうるさい音はもう二度と聞きたくないと思っていた。彼女の夫ラルフは、兄が人前で口を開くたびに耳が痛くなると言った。兄はトゥレット症候群を患っていて、「俺はオナニーするよ！　お前のちんこはいい匂いがするな！」といった言葉を、バスの車内や映画館で、さらには教会でさえも、赤の他人に浴びせてしまうのだ。

若いクリス・ケイスが話の方向を一八〇度変えて、静寂について話そうと言い出した。彼が言うには、人生で一番静かだったのは、アフガニスタンのカブール近郊で地雷が彼の右脚を奪った音だという。

そのほかの静寂については、誰も言い出さなかった。実のところ、そこで静寂が訪れた。私たちのなかには、クリスが片脚を失っていることに気づいていない人もいた。クリスは足を引きずっていたがほんのわずかだった。彼がアフガニスタンで従軍していたことさえ私は知らなかった。

「地雷で?」と私は言った。

「そうです。地雷ですよ」

「見てもいいかしら」とディアドラが言った。

「無理ですよ」とクリスは言った。「僕は地雷を持ち歩いたりはしないんで」

「まさか！　あなたの脚のこと」

「吹っ飛びましたけど」

「まだ残っている部分のことよ！」

「見せてもいいですよ」と彼は言った。「そこにキスしてくれるならね」

虚をつかれた笑い声。そこで私たちは、いままでにしたキスで一番馬鹿らしいものは何かという話を始めた。面白い話は出なかった。人間以外とキスをした人はいなかったし、場所もありきたりだった。「ということは」とクリスはディアドラに言った。「君が一番面白い話を提供できるチャンスなわけだ」

「いいえ、あなたの脚にキスなんかしないから！」

誰も顔には出さなかったが、私たちはみんなディアドラに少し苛立っていたと思う。みんなその場面を見たがっていた。

その夜はモートン・サンズもいた。ずっと無口だった彼が、「ディアドラ、いいだろ」と言った。

「まあ、そうね。分かった」と彼女は言った。

クリスは右脚のズボンをまくり上げ、太ももの真ん中で折り返しを丸めて、義足を外した。クロムの棒とプラスチックのストラップが固定してある膝はそのまま残っていて、皮膚が上に向かってひどくねじれ、すぼまった脚の先端をあらわにしていた。ディアドラが彼の前にむき出しの両膝をつくと、ラルフ・ジョーンズと並んでソファに座っていたクリスは、体を前にぐいと動かし、切断されて切り傷だらけになった足をディアドラの顔からほんの五センチほどのところに突き出した。すると彼女は泣き出した。私たちはみんな戸惑い、少しばつの悪い思いがした。

一分近く、私たちは待った。

するとラルフ・ジョーンズが口を開いた。「クリス、お前、〈エース・タバーン〉の表で一度に二人の男を相手に喧嘩したことあったよな」。それから、ジョーンズは私たちに言った。「マジな話ですよ。その二人と表に出て、両方ともぶちのめしてみせたんです」

「ちょっと手加減してやってもよかったかな」とクリスは言った。「二人ともかなり酔っ払ってたから」

「確かに、あの夜のお前は容赦なかったな」

私のシャツのポケットには、最高のキューバ葉巻が一本入っていた。それを持って外に出たかった。その日のディナーは人生でも指折りの味だったし、その仕上げに心ゆくまで葉巻を吸いたかった。だが、こういう展開となれば最後まで見届けたい。切断された足に女性がキスするところなんて、そうそうお目にかかれるものではない。ところが、ジョーンズのおしゃべりがすべてを台無しにしてしまった。その場の魔法は解けた。クリスは元どおり義足をはめるとストラップを締め、ズボンを直した。ディアドラは立ち上がって涙をぬぐい、スカートの皺を手で伸ばすと席に戻った。それで終わりだった。その結果として、それから半年後、クリスとディアドラは裁判所で治安判事の立会いのもと、ほぼ同じ顔ぶれの友人たちに囲まれて結婚した。そう、二人はいまでは夫婦だ。どういうことなのかは君と私なら分かる。

共犯者たち

別の静寂が思い浮かぶ。二年前、エレインと二人で、かつて私が働いていたマンハッタンの広告代理店の部長だったミラー・トーマスの家でディナーをご馳走になった。そう、ミラーと彼の妻フランセスカもこの街に移ってくることになったが、私とエレインよりもかなりあとになってからのことだ。かつての上司が、今はサンディエゴで引退生活。私たちはディナーとともにワインを二本空けた。三本だったかもしれない。食後はブランデーを飲んだ。食前酒にはカクテルを飲んでいた。それほど親しい間柄ではなかったので、酒をあおってその事実をごまかしたのかもしれない。ブランデーのあと、私はスコッチ、ミラーはバーボンを飲んだ。その日は暖かく、中央空調で冷房がついていたほどだが、夜は冷えるなと彼は言い出して暖炉に火を入れた。灯油をかけてマッチを一本擦っただけで、積んである細い薪が弾けて炎を上げた。それから彼は、よく乾いたオークの木だという大きな薪を二本火にくべた。「鍛冶場でせっせと働く資本主義者ね」とフランセスカが言った。

そのうち、私とミラー・トーマスは暖炉の光が当たるところに立って、大きく伸ばした両腕に何冊の本を載せられるかを競い、エレインとフランセスカに本を載せてもらって平衡感覚の試練を受けたが、二人とも落第を繰り返した。力比べになった。どちらが勝ったかは分からない。もっと本を持ってきてくれ、もっとだ、と私たちは言い、妻は二人とも本を積んでいき、そのうち、ミラーの蔵書のほとんどが床の上で私たちを取り囲んでいた。彼はマントルピースの上にマースデン・ハートレーの小さな絵を飾っていた。狂ったような、ほとんど青で描かれた油絵の風景画だった。そんな高価な絵を煙や熱の当たるところに置いておくのは危ないんじゃないか、と私は言った。おぼろげなランプと暖炉の光に照らされ、床じゅうに散らばった本に囲まれたその絵は見事でもあった……ミラーはむっとした。この傑作を買ったのは俺だ、俺の持ち物なのだから、どこに置こうと勝手だと言った。暖炉のそばに行き、絵を壁から外すと体の前に抱えて私たちのほうに向き直り、その気になればこの絵を炎のなかに投げ込んで燃やしたっていい、と言い放った。「これはアートか？ そうだろうとも」と彼は言った。「だが、これはアートの所有物じゃない。俺の名前はアートじゃない」。彼はカンバスをトレーのように平らに持ち、風景が描かれているほうを上にして、炎のなかにさっと入れては出して火と戯れていた……奇妙なことに、ミラー・トーマスと彼が愛するハートレーの風景画について、ほとんど同じ話を私は数年前に耳にしていた。その晩とかなり似た状況で、軽いお酒とワインとブランデー、さらに軽いお酒、低俗な会話、散らばった本があり、そしてついに、ミラーがその絵を炎に向かって突き出し、これは俺の持ち物だ、燃やしたっていいと言う。前回の晩は、招待客たちがどうにか彼を思いとどまらせ、絵を元の場所に戻してもらったが、今回の私たちは――なぜか――止める方法を見つけられず、彼が自分の所有物を火にくべて立ち去るままにした。カンバスに黒い点がひとつ現われ、煙を上げる水たまりのように広がっていき、小さな炎がいくつも上がった。ミラーは居間の反対側で、ゆらめく光が映る窓のそばの椅子に座り、酒のグラスを片手に遠目に眺めていた。誰も一言も発さず、身じろぎもしなかった。静寂のなか、木製の額縁が派手な音とともに弾け、偉大な絵は燃えていき、まず黒ずんでねじれ、やがて灰色になってひらひらと動き、そして炎に呑み込まれた。

広告マン

今朝、私は人生などあっという間に終わってしまうという深い悲しみに襲われ――青春時代から旅してきた道のり、しつこく残る昔の後悔と最近の後悔、手を替え品を替え繰り返してしまう失敗――あやうく車で衝突事故を起こすところだった。自分ではあまり向いていないと思う仕事の職場で車から降りるとき、ブリーフケースを乱暴につかんだせいで中身の半分を自分の膝元に、もう半分を駐車場にぶちまけてしまい、それをかき集めているあいだ、シートに車のキーを置いたまま、老人にありがちなことにうっかりドアを閉めてしまい、トヨタのＲＡＶの車内からキーを取れなくなった。

オフィスに入ると、私はシャイリーンに頼んで錠前屋に電話で連絡してもらい、それから背中の医者に予約を入れてもらった。

私の背中の右上にある神経は、ときおり圧迫されてしまう。第四胸神経だ。この神経はか細いインクの管などではなく、小指ほどの太さの束になっている。それが凝った筋肉に挟まれてしまうと、何日間も、ときには何週間も、アスピリンを飲んで指圧師のところでマッサージを受ける以外にどうしようもなくなる。右腕にかけてちりちりしたり麻痺したような感覚が出てきて、ときおり鈍く、こもったような苦しさか、形のはっきりしない混乱した痛みになる。

それがシグナルだ。私が何か不安を抱えているときに出てくるのだ。

意外にも、シャイリーンはその不安の種についてよく知っていた。彼女は暇を見つけては上司についてインターネットで検索していたらしく、ニューヨークで私がもらう予定のテレビCMを対象とする賞のことも知っていた。表彰されたのは前にニューヨークにいたときの制作チームだったが、授賞式に出るのは私だけだった。あれから何年も経っていたから、その賞に興味があるのは私だけだったのかもしれない。ささやかに功績を称えてくれるその授賞式が、気の滅入る状況にとどめを刺した。私のチームにいた人たちは、もっと待遇のいい代理店のほかのチームに移り、もっといい業績を上げていた。二十年以上かけて私が成し遂げたことといえば、とぼとぼ前に進んでいき、ある程度は想定していた限界地点にたどり着いたところで退場しただけだった。一方でシャイリーンは、すごいじゃないですかと大げさに言っていて、病院でこれから待ち受けているとんでもない処置について患者相手に滔々と語る誇らしげな看護師のようだった。「どうも、どうも」と私は答えた。

受付エリアでこのやりとりをしているあいだ、シャイリーンはけばけばしいスパンコールのついたカーニバル用の仮面を着けていた。なぜなのか、私は訊ねなかった。

私たちの職場はニューウェーブ的な環境になっていた。代理店全体が、サーカスめいた巨大なテントの下にあった。人がひしめいているわけではなく、かなり快適で、中央の広々とした休憩エリアにはピンボールマシンとバスケットボールのゴールがあり、夏季の毎週金曜日には「ハッピーアワー」が設定されて、樽からビールをただで飲むこともできた。

ニューヨークではCMを作っていた。サンディエゴではもっぱら、ゴルフコースと乗馬体験が売りのリゾートを西部に展開するグループのために、光沢のあるパンフレットのデザインと文面を作っている。勘違いしないでほしい――カリフォルニアには美しい土地がごまんとあるし、楽しんでもらえそうな人たちにそれに注目してもらうのはやりがいのある仕事だ。だが、神経がひどく圧迫されているときには、この仕事は勘弁してもらいたい。

どうにも耐えられなくなると一日休みを取り、バルボア・パークにある大きな美術館に行く。今日は、錠前屋のおかげでまた車に乗れるようになると、その美術館までドライブして、付属の部屋のひとつで行なわれていた講義に参加した。アウトサイダー・アートを手がける女性が、「芸術とは人間であり、人間とは芸術なのです!」とまくしたてていた。五分ほど聞いていたが、彼女の言ったことのうち理解できたほんのわずかな話も、「浅薄な」とすら呼べないような代物だった。彼女の絵の構図は案の定小狭く、手の込んだ模様があり、一貫性があった。私は展示をぶらぶら見て回り、いくつかはちゃんと見たが、あとは適当に流した。だが、一時間ほどアートを眺めていると、そのあとはいつも、ものの見方が変わる――たとえばその日は、精神障害を持つ大人の団体が美術館に来ていて、手はねじれたり宙に浮かんでいたり、首は傾いたりしている彼らが展示のなかを動き回る姿は安っぽいゾンビ映画のようだったが、知性も心も物事に対する興味もある、いいゾンビたちだった。外に出ると、いつもは大きな金属の彫刻作品がたくさん置いてある場所が工事中で地面が掘り返されていた。掘削機のシャベルが怪物めいた鼻を瓦礫にこすりつけていて、それをひとりの女性と小さな男の子がじっと眺めていた。男の子はベンチの上に立って笑みを浮かべながら横目で見ていて、そばにいる母親と手を繋いでいる。二人ともまったく身動きしない様子は、アメリカの没落を写した写真のようだった。

次に、私はエルフの格好をした指圧師の施術を受けた。

どうやら、私の自宅近くにある医療複合施設のスタッフ全員がハロウィーンの仮装をしているらしく、私が表で車を停め、その日に確保できた一番早い予約の時間になるのを待っていると、スイスの乳搾り女が昼食から戻ってきて、次に緑色の顔をした魔女、そして強烈な日光みたいなオレンジ色のスーパーヒーローがやってきた。それから指圧師のところに行ってみると、彼はタイツと下に垂れた帽子という姿だった。

私はどんな格好だったか？　いつもの服装だった。仮装舞踏会は続いていく。

お別れ

エレインが台所に壁掛けの電話を設置してもらっていた。青いほっそりした受話器を帽子のように掛けるタイプで、着信番号はキーパッドのすぐ下にある画面に出るようになっている。指圧師のところから戻ったばかりの私がその電話をじっと見つめていると、きびきびして控えめな着信音が鳴り出した。小さな画面に出た十桁の番号には見覚えがなかった。知らない番号からかかってきたとなると、いつものように無視しようかと最初は考えた。だが、その電話にとっては最初の、第一歩となる着信だった。

受話器に手をかけるとすぐ、これに出たら後悔するだろうか、受話器を手に取らないほうがいいだろうか、まずいことになりはしないだろうかと思ったものの、私はそれを耳に当てて「もしもし」と言った。

かけてきたのは、私がいつも「ジニー」と呼んでいた最初の妻ヴァージニアだった。彼女と結婚していたのははるか昔、私たちが二十代前半のときで、嵐のような三年間を経てそれに終止符を打った。それ以来、話をしていなかったし、話をする理由もなかったが、いまになって理由ができた。ジニーは死につつあったのだ。

彼女の声はか細かった。もうお医者さんたちもお手上げらしいの、と彼女は言った。身の回りの整理は済ませたし、ホスピスではいい人たちが世話してくれている、と。

本人いわく「この世から旅立つ」前に、ある人々、ある男たち、特に私に対する苦々しい気持ちをきれいさっぱり捨ててしまいたい、というのがジニーの希望だった。わたしは本当に傷ついた、あなたを許したいと心から思うけれど、どんなにそう思っていても許せるかどうか分からない、と彼女は言った。私は引き裂かれた心の奥底から正直に、許してもらえるなら私もうれしい、不誠実だったりお金に関して嘘をついたことは自分でも嫌だし、退屈な気持ちを隠していたこと、あれこれ隠していたこともすまなく思っている、と言った。四十年間の沈黙のあと、彼女が真実を知るべきだったのに私が言わずじまいだったほかの多くのことを、ジニーと私はあれこれ話し合った。

その話の最中に、ふとした疑問が浮かび、ひどく落ち着かなくなった。もっと言えば、頭がくらくらして汗が吹き出るほどの不安に襲われた。私は勘違いしているのではないだろうか――電話の向こうにいる相手は最初の妻ジニーではなく、二番目の妻、よく「ジェニー」と呼んでいたジェニファーではないのか。彼女の声は弱々しく、私のほうはといえば、死が近いという知らせの衝撃が尾を引いていて、しかも、大事な話をしようとする彼女のまわりを人がしょっちゅう出入りして、人工呼吸器らしき音もしているとなると、話し始めて十五分ほど経ったところで、電話に出たときに彼女がちゃんと名乗ったのかどうかも思い出せなくなった。突然、私は誰を相手に犯した数々の罪を悔やんでいるのか、心から悔いて台所のテーブルのそばに両膝をつかせるほどのこの今生の別れが、ヴァージニアとの別れなのかジェニファーとの別れなのかも分からなくなってしまった。

「つらいよ」と私は言った。「少しだけ受話器を置いてもいいかな」。分かった、と彼女が言う声が聞こえた。

家はがらんとしているように思えた。「エレイン？」と呼んでみた。返事はない。布巾で顔をぬぐい、ブレザーを脱いで椅子にかけ、もう一度エレインの名前を呼んでから、受話器をまた手に取った。通話はもう切れていた。

もちろん、電話機の内部のどこかに、ジニーかジェニーの番号からの着信記録が残っている。だが、それを探しはしなかった。私たちは話すべきことを話したのだし、ジニーかジェニーのどちらだとしても、心から謝る私の言葉には誠意があることが分かり、彼女はそれで満足してくれたのだ。何といっても、二人のどちらに対しても犯した罪は同じだったのだから。

私は疲れていた。大変な一日だった。エレインの携帯電話にかけてみた。彼女は街の東側にあるバジェット・インに泊まってくるという話だった。エレインは東側で大人に読み書きを教えていて、ときどき時間が押してしまって一晩泊まってくることがあった。いいだろう。扉を三か所施錠して、もう今日はおしまいにすればいい。かかってきた電話の話はしなかった。早めにベッドに入った。

夢に野生の風景が出てきた——象、恐竜、コウモリのいる洞窟、奇妙な現地人たち、等々。目が覚めてそのまま寝つけず、パジャマの上に厚手の長いローブを羽織るとローファーをはいて散歩に出た。このあたりはどの時間帯でもバスローブ姿の人々が歩き回っているが、ペットを連れていない人はそう多くはないはずだ。私たちはいい地区に住んでいた。カトリック教会とモルモン教の教会がひとつずつあり、かなり開けた緑地のある高級集合住宅が開発され、私たちの家がある通りの側には、小ぶりだがきれいで品のいい家が何軒かある。

君も、私のように、宇宙の謎に目配せされるという奇妙な瞬間をひとつずつ集めて、魂のなかにリスのようにしまっておくだろうか。たとえば、バスローブを着て房飾りのついたローファーをはき、自分の住む地区から遠くまで歩いていって、閉まった店がずらりと並ぶところにさしかかり、ショーウィンドウにかすかに映る自分の姿に向かって近づいていくと、その上に言葉がある。「空《スカイ》とセロリ」。

もっと近づいてみると、「スキーと自転車店《サイクレリー》」だと分かる。

私は家に戻った。

未亡人

ある日、友人でジャーナリストのトム・エリスと一緒に昼食をとり、近況を聞かせてもらっていたときのことだ。死刑に関する記事を書くための取材で録音したインタビューをもとに二幕の戯曲を書いている、と彼は言った。特に二つのインタビューが中心になる、と。

エリスはまず、ある日の午後、ヴァージニア州でひとりの死刑囚と過ごした。ウィリアム・ドナルド・メイソンという殺人犯で、ここカリフォルニアではまったく知られていない名前だったから、どうして今でもそれを覚えているかは分からない。メイソンは死刑が翌日に予定されていた。銀行強盗の際、警備員を人質に取って殺してから十二年が経っていた。

最後の食事として、ステーキとサヤインゲンとベイクドポテトを翌日の正午に出してもらえること以外、メイソンには気にかける未来の出来事はなく、くつろいで満足そうな様子だった。エリスは彼にあれこれ訊ねた。逮捕されるまでの人生や、刑務所での暮らし、死刑についての意見（メイソンはこれには反対だった）、来世があると思うかどうかについて（メイソンはこれには賛成だった）。

死刑囚は感嘆するような口調で自分の妻について語った。死刑を言い渡されてから数年後、彼女と出会って結婚した。ある囚人仲間の従姉妹だった。スポーツバーでウェイトレスをして、チップをたっぷり稼いでいる。読書好きでもあり、殺人犯である夫にチャールズ・ディケンズやマーク・トウェインやアーネスト・ヘミングウェイの作品を勧めている。今は不動産仲買業者の資格を取るために勉強中なのだという。

メイソンは妻との別れをもう済ませていた。死刑執行までまるまる一週間あって、メイソンの最後の日が影を落とさないうちに、幸せな数時間を一緒に過ごして別れよう、と夫婦で決めていたのだ。

人生の終わりを間近に控えたこの男に対し、思いがけず強烈な親しみを覚えた、とエリスは言った。メイソン本人も言っていたが、翌日、彼を車輪付き担架に乗せて注射の準備をする人々を除けば、死刑囚にとって知らない人を紹介されるのはこれが最後だったからだ。つまり、彼を殺そうとするのではない新しい知り合いは、トム・エリスが最後だった。翌日、すべては予定どおりに進められ、エリスと話をしてからおよそ十八時間後にウィリアム・メイソンは死んだ。

その一週間後、エリスは未亡人となったメイソン夫人にインタビューを行ない、彼女が夫に聞かせていた話はほとんど嘘だったことが判明した。

エリスがノーフォークで探し当てた彼女は、スポーツバーなどではなく、埠頭近くの地下にある性産業の複合施設で、一対一の覗き見ショーをして働いていた。彼女と話をするために、エリスは二十ドルを支払い、紫色の電球で照らされた狭い階段を降りて、カーテンがかかった窓の前にある椅子に座った。カーテンがさっと上がると、パッドの入ったボックス席にあるスツールに、すでに全裸になった女性が座っていて彼は唖然とした。そして、彼女の夫がこの世で夜まで過ごした最後の日に一、二時間一緒にいたのは自分だ、とエリスが自己紹介すると、今度は彼女が唖然とする番だった。二人は死刑囚の願いや夢、一番楽しかった思い出や子供時代のつらかったことなど、男が妻にだけ話すようなことを語り合った。彼女の顔はいかめしいとはいえ可愛らしく、名前を知られているとは気づかずにトムに恥部を見せていた。彼女は電話の受話器を耳に当てて、しくしく泣き、笑い声を上げ、叫び、ささやき、空いたほうの手は宙でジェスチャーをしたり、二人を隔てるガラスに触れたりしていた。

結婚した男に嘘ばかりついていたこと――それは彼女が笑い飛ばしたことのひとつだった。誰だって同じようにしただろうと思っているらしかった。仕事の話をでっち上げ、不動産の勉強をしていると嘘をついただけでなく、信心深い人間を装って、実在しない教会に通っていることにした。その作り話のおかげで、ウィリアム・ドナルド・メイソンは誇り高く幸せな夫として最期を迎えたのだ。

そして、死を免れない殺人犯に対して唐突に覚えた親近感に驚いたのと同じく、我が友人エリスは未亡人にも心を惹かれた。二人で生と死について語り合うあいだ、彼女はエリスの目の前で高いスツールに座り、両脚を大きく広げて赤いピンヒールのパンプスを床につけて、自分の裸体を見せつけていた。彼女とセックスしたのかと私が訊ねると、いや、と彼は答えた。セックスしたい気持ちは間違いなくあったし、裸の未亡人も同じ気持ちに違いないとは思ったが、その手の店では女性に触れてはならないことになっていたし、そのときの裸の未亡人との会話も、考えてみれば死刑囚との会話も、激情に駆られて殴りつけても割れないように作られたガラスの仕切り越しに行なわれていた。

そのときは、自分が何をしたいのか彼女に話すなんてとんでもないことだと思えた。今になって、トムは自分が引っ込み思案だったことを後悔していた。彼が私に語ってくれた戯曲では、第二幕は違う結末を迎えることになっていた。

あれこれ話すうちに、悔悟と後悔の違いについての話になった。してしまったことについては悔悟し、逃してしまったチャンスについては後悔する。それから、サンディエゴのカフェではときおり、といってもわりあいよくあることだが、若く美しい女性がバラを売りに来て、私たちの会話は中断した。

孤児

トム・エリスとの昼食は二年前のことだ。彼がその戯曲を書き上げたとは思えない。あのときは思いつきで話していただけだろう。今日その話を思い出したのは、午後に友人の画家の葬儀に参列して、その画家トニー・ファイドからもかつて似たような体験談を聞かされたことがあったからだ。

ここから南に少し行ったところにあるナショナルシティの自宅近くで、トニーは地面に落ちていた携帯電話を拾った。その話を私にしてくれたのは、最後に二人で会ったとき、彼が失踪したというか消息不明になる二か月前のことだった。まず彼は消息不明になり、その後、世を去った。だが、その話を私にしてくれたときには、そんな気配は微塵もなかった。

近所を散歩していたトニーは、キョウチクトウの茂みの下に携帯電話が落ちていることに気づいた。それをポケットに入れて散歩を続けていると、まもなく電話が震え始めた。出てみると、かけてきていたのは持ち主の妻だった——そのときには持ち主の未亡人になっていた。夫が死んでから二十四時間近くにわたり、およそ三十分おきにずっと電話をかけているということだった。前日の午後、トニーが携帯電話を見つけた交差点で起きた事故で、彼女の夫は死亡していた。年配の女性が運転するキャデラックにはねられたのだ。衝突の瞬間、夫が手に持っていた携帯電話ははね飛ばされてしまった。

事故現場の付近には携帯電話は見つからなかった、と警察は言った。遺体安置所で妻が渡された所持品のなかにも見当たらなかった。「現場でなくなったはずなんです」と彼女はトニーに言った。「事故が起きたその瞬間、わたしと話していたから」

車に乗って直接届けに行きましょう、とトニーが申し出ると、彼女は十五キロ離れたレモングローヴの住所を伝えた。その家に着いてみると、その女性はまだ二十二歳、かなりの美人で、夫とは離婚協議中だった。

そこまで聞いたところで、私は話の展開が分かったと思った。

「彼女に追いかけられてさ。俺は彼女に言ったよ。『君は天国からの使者か地獄からの使者かどっちかだ』って。で、地獄からだってことが分かった」

トニーは話すときにはずっと両手を動かし、テーブルの上にある小物をつかんだり並べ直したりしながら、頭を前後左右に揺らす癖があった。ときおり、彼は自分の絵の「リズムの力」について口にすることがあった。作品には「動き」があるとよく言っていた。

トニーの人生についてはよく知らなかった。四十代後半だということは分かったが、それより若く見えた。彼と出会ったのはバルボア・パークの美術館だった。ケープコッドのガソリンスタンドを描いたエドワード・ホッパーの絵を見ていると、そばに彼が現われたのだ。トニーが口にしたのは、やたらと冗長で、細部にわたる痛烈な酷評だった——技法に始まり技法に終わる批評で、彼はすべての画家に対する軽蔑を口にすると、こう言って締めくくった。「ピカソがまだ生きてたら勝負を挑むんだが。彼が俺の絵を一枚描いて、俺が彼の絵を一枚描く」

「君も画家なんだね」

「こいつよりもいい画家だよ」。彼が言っているのはエドワード・ホッパーのことだった。

「じゃあ、いいと思えるのは誰の絵だい?」

「俺がすごいと思う画家は神だけだ。神から一番影響を受けてる」

私たちは月に二、三回、コーヒーを一緒に飲むようになったが、正直に言うと、それはいつもトニーが言い出してのことだった。たいていはナショナルシティまで私が車で行き、活気があって乱雑なヒスパニック系の地区にある彼の家を訪ねていった。私はプリミティブ・アートが好きだったし、民話も好きだから、彼が自分の絵に囲まれて、物があふれる城にいる孤児のように暮らす、だだっ広くて古い家を訪ねていくのは楽しかった。

その家は一九三九年から彼の家族のものだった。しばらくは寄宿舎として使われ、十二部屋ある寝室にそれぞれ流しがついていた。「ここは縁起が悪いっていうか、不幸に取り憑かれてるんだ。まずはスピロだろ——スピロが番をして、そして死んだ。ママが番をして、そして死んだ。

姉さんが番をして死んだ。今は俺が死ぬまでここにいるってわけ」と、彼は上半身裸で私を迎えながら言った。毛深い体のあちこちに絵の具が飛び散っていて、ついていくのもやっとなくらい早口だった。確かに錯乱しているように見えた。だが、決然として恍惚とした様子でもあったので、自分に向けた自虐的なユーモアは、本物の狂人には見られないものだった。そんな人をどう考えればいいのか。「『ワシントン・ポスト』のリチャーズからは、メルヴィルみたいだと言われた」と彼はかつて言っていた。リチャーズとは誰なのか、スピロとは誰なのか、私には見当もつかない。

トニーはよどみない解説や自己解釈を飽きることなく繰り広げた。彼の作品はあたかも、それに値しない者たちを騙すか目をくらませるために暗号化されているかとさえ思えた。統合失調症のアウトサイダー・アートにありがちな子供っぽい絵ではなく、もう少し手の込んだ、タトゥーアートの範疇に入るような作品で、縦一・二メートル×横一・八メートルほどのカンバスに描かれた油絵にはいくつものイメージが詰め込まれていたが、とてもよく構成されていた。すべて聖書を題材とした、たいていは黙示録さながらの恐ろしい場面で、題名はすべて絵の上に活字体できっちり書かれていた。たとえば、世界の終末と天国の到来が三枚のパネルに描かれた作品は、《バビロンの謎　売春婦の母　ヨハネ黙示録十七章一‐七節》と題されていた。

トニー・ファイドとちょくちょく会うようになったこの時期はちょうど、私が無意識の世界にいた時期、夜に見る夢に悩まされていたころでもあった。夢はどれも長く壮大で、細部まで凝っていて、暴力的で、色鮮やかだった。そのせいで私は疲れ切ってしまった。何が原因なのかは分からなかった。服用していた唯一の薬は血圧を下げるために以前から飲んでいたものだった。寝る直前には何も食べないようにしたし、仰向けに寝るのはやめて、心を乱すような小説もテレビ番組も避けた。一月か一月半ほど、寝るのが怖くてしかたがなかった。一度、トニーが夢に出てきた――私は暴徒から彼を守ろうとして、殺気立った群衆を肉切り包丁で追い払っていた。しょっちゅう息切れがして目を覚ました。体は震え、心臓が激しく動悸し、神経を鎮めるには何時だろうとひとりで散歩に出るしかなかった。そして一度――トニーが夢に出てきたときだったかもしれないが、思い出せない――天啓のような瞬間があり、私はそれを大事にしている。そのとき、人生の流れがまたたく間にねじれてはほどけたのだ――ぴんと張ったリボンがきらめくように。夜の闇のなか、モルモン教の教会の駐車場で、若い男が誰かにこう言っている声が聞こえた。

「俺は吠えてない。あれは俺じゃない。吠えてないって」

夫を亡くしたばかりの二十二歳の女性とトニーがどうなったのかは分からずじまいだった。それ以上のことはなく、もう一度会うことも、ましてやしばらく交際することもなかったことはまず間違いない。彼は一度ならず、「まったくの女日照りだ。何か呪いでもかけられてるんだ」と文句を言っていたからだ。彼はその手の呪いや魔法を信じていた。天使や人魚、予兆や魔術、風が運んでくる声、お告げや型などを。彼の家には、謎めいた意味をもつ小枝や羽根、彼に話しかけてきたという石、顔に見覚えがあったという流木の切り株などが散乱していた。そして、どの方向にも、彼のカンバスは窓のように、稲妻や煙、何列にもなった深紅の悪霊や空飛ぶ天使たち、火のついた墓石、巻物や聖杯、松明や剣といったものを見せていた。

先週、レベッカ・ステイモスという聞いたことのない名前の女性から電話があり、共通の友人であるトニー・ファイドが他界したと知らされた。自殺だった。彼女が言ったように、「みずから命を絶った」。

二秒ほど、その言葉の意味が分からなかった。「絶った……なんてことだ」

「そうです。自殺してしまったようで」

「どうやって死んだかは知りたくない。それは言わないでくれ」。正直言って、どうしてそんなことを言ったのか、今でもまったく想像がつかない。

葬儀

先週の金曜日――九日前――奇人の宗教画家トニー・ファイドは、サンディエゴから百キロほど東にある州間高速道路8号線沿いの深い峡谷の上にかかる橋の上で車を停め、手すりによじ登り、飛び降りた。前もってレベッカ・ステイモスに手紙を出していたが、それは自殺の動機を説明するためではなく、ただ別れを告げ、何人かの友人の電話番号を伝えるためだった。

日曜日、私はトニーの葬儀に参列した。葬儀を行なうために、レベッカ・ステイモスは勤務先の中学校で吹奏楽用の部屋を予約した。小さな木立のような譜面台に囲まれて、私たちはカップとソーサーを膝の上に置いて輪になって座り、一人ずつトニー・ファイドの思い出話を披露した。そこにいたのは五人だけだった――主催者のレベッカは地味でずんぐりした女性で、袖なしのブラウスに白いテニスシューズまで届くロングスカートという格好だった。私は青のブレザーにカーキ色のチノパンツ、房飾りつきのローファーというしいつもの服装だった。嫌らしい小型犬を二匹飼っていそうな二人の中年女性は、トニーのことを「アンソニー」と言っていた。緑色のつなぎ服を着た、何かの整備工らしきぽっちゃりした若い男は汗をかいていた。トニーの近所の人たちは？　家族は？　ひとりもいなかった。

おたがいのことを知っていたのは、連れ立ってやってきた女性の二人組だけだった。それ以外の私たちはまったくの初対面だった。トニーが個々に付き合っていた友人、あるいは知り合いだった。彼と知り合った経緯はみんな同じだった。美術館や青空市場や医師の待合室で、彼が隣に現われて語り始めたのだ。彼がカンバスに絵を描くことにすべての時間を捧げていたと知っていたのは私だけだった。ほかの人たちは、彼のことを配管工事か害虫駆除か個人宅のプール管理か、何かの会社の経営者なのだろうと思っていた。一人はトニーがギリシャ出身だと信じていて、ほかの人たちはメキシコ出身だと思っていたが、彼はサンディエゴ郡にかなり昔から住みついているアルメニア系一家の出身だったに違いないと私は思っている。彼の思い出に浸るどころか、気がつけば、私たちは自分たちにこう問いかけていた。「彼はいったい何者だったのか」と。

レベッカは彼の身の上についてよく知っていた。トニーがまだ十代のときに、母親が自殺したのだ。「母親の死について彼は何度か話してくれました」とレベッカは言った。「それがつねに頭にあったんです」。私も含めてほかの四人にとっては初耳だった。

もちろん、彼の母親もみずから命を絶ったと知って、私たちは動揺した。母親も飛び降り自殺だったのだろうか？　トニーは言わなかったし、レベッカも訊ねなかった。

私にはトニーの人生について語れることなどほとんどなく、心に残っている彼の言葉をいくつか紹介した。「俺はお高い美術学校には入れなかった」とあるとき彼は言った。「それが人生で最高の出来事だった。芸術を教わるってのは危険なことだ」。それからこうも言っていた。「二十六歳になったとき、作品に署名するのはやめにしたんだ。あんなふうに描けるやつがいるなら、誰でも持っていって、自分の手柄にすればいい」。彼は、自分の黒くて重い聖書からの一節を得意げに私に示した──サムエル記上、第六章だろうか──ペリシテ人が偶像崇拝のせいで痔に苦しむくだりだ。「神にもユーモアのセンスがあるって分かるだろ」

それから、私に何度か話してくれた見解がもうひとつある。「俺たちは漸新主義の宇宙じゃなくて、破局の宇宙に生きてるんだ」

その言葉を、いつも私は聞き流していた。今になって思うと、不吉で予言めいていた。私はメッセージを、警告を、受け止めそこねたのだろうか。

緑色のつなぎ服の男、ガレージの整備工によると、トニーは全米で最も高いコンクリート梁の橋からパインヴァレー・クリークに飛び降りたそうだ。一三四メートルの高さから落下したことになる。一九七四年に竣工し、ネロ・アーウィン・グリア記念橋と命名されたその橋は、整備工によれば、アメリカ合衆国で最初に「現場打ちコンクリート片持ち梁均衡工法」で造られたものだそうだ。私はそれをメモ帳に書き留めた。その整備工の名前は思い出せない。胸の名札には「テッド」とあったが、別の名前で自己紹介した。

アンとその友人の女性――こちらも名前を忘れてしまった――の二人組に、葬儀のあとでつかまった。どうやら、トニーの母親が集めたレシピがぎっしり詰まった三リング式のバインダーファイルをトニーが二人に貸していて、二人はそれを最終的に私が引き取るべきだと思っているらしかった。それはエレインに渡そうと私は決めた。彼女の料理の腕前は素晴らしいが、二人分の料理をしたがる人はいないので、いつも作ってくれるわけではない。たくさん働いても、たくさん残ってしまう。そのファイルをもらえば妻も喜びます、と私は二人に言った。

そのバインダーは大きすぎて、どのポケットにも入らなかった。袋をもらおうと思ったが頼みそびれてしまった。どうすればいいのか分からず、手で持って帰って妻に渡した。

エレインは台所のテーブルのところに座っていた。テーブルの上には、ブラックのコーヒーが入ったカップと、半分残ったサンドイッチの皿があった。

テーブルの上にある妻の軽食の横にバインダーを置いた。彼女はそれをじっと見つめた。「あら」と言った。「あの画家からね」。私を隣に座らせて、二人並んでそのファイルを一ページずつめくっていった。

エレイン。彼女は愛らしく、柔軟で、とても頭がいい。白髪交じりのショートヘア、ノーメイク。よき伴侶だ。いつ死んでしまってもおかしくない。次の瞬間にも。

そのバインダーについてしっかり説明したいので、それを自分の手で持っていると想像してみてほしい。三リング式の鮮やかな赤のプラスチック製で、重さは夕食用の大皿ほどもある、そのバインダーが目の前のテーブルの上にある。開いてみると、「レシピ。シーザリーナ・ファイド」と書かれたピンク色の表紙があり、その下には穴が三つ開けられた罫線入りの白いルーズリーフが五センチほどの厚さになっている。最初の半分はごくふつうの鍋料理やパイやサラダ用ドレッシングで、朝食、昼食、夕食のあらゆる料理が青いボールペンで書かれている。そのレシピ集の半ばにさしかかると、トニーの母親は色を多用するようになり、たいていは緑か赤か紫だが、ピンクだったり、読みづらい黄色だったりすることもある。そうした色とともに、彼女の筆跡は一種の無秩序状態に入っていき、文字は膨らんだり縮んだりし、数ページにわたって右に傾いてふらつく大きな字になったかと思えば、そのあとかなりのページにわたって左に傾き、それからまた逆に戻る。そしてここで、そうした戦いや変化が始まるところから百ページ以上、最後の一ページまでずっと、カクテルのレシピのみが書かれている。ありとあらゆる種類のカクテルだ。

遡ってその日の午後、トニーの葬儀で私にそのバインダーを渡すとき、アンは妙なことを口にした。「アンソニーはあなたを高く評価していました。あなたのことを親友だと言っていたんです」。冗談だろうと私は思ったが、アンは真面目なつもりだった。トニーの親友だって？　私は面食らった。今でも面食らっている。彼のことはほとんど知らなかったのに。

カサノヴァ

アメリカ広告業界賞を受賞するためにニューヨークに戻ったとき、自分が楽しめると思っていたかどうかは分からない。だが、着いて二日目、授賞式まで時間を潰そうと、黒い礼服のスーツにトレンチコートという格好でミッドタウンを北に向かって歩いていき、セントラルパークの縁を通ってまた南にぶらぶら歩き、鼓動を感じながら高層ビルのあいだに立ち昇る車の騒音を聞いていると、故郷に戻ってきたという気がした。いかにも散歩向きのすがすがしく晴れた日だったが、さらにすがすがしくなってきた。そして、四十丁目の北側のどこかにある小さな広場を斜めに突っ切ると、最後の紅葉が歩道から舞い上がって頭のあたりで渦巻き、上空に突然出てきた靄のようなものが固まって暗く輝く天井になったように思えた。通行人たちは首を縮こませ、突風は二分もすると強くはないが吹き続ける冷たい風に変わり、私の両手はコートのポケットに飛び込んだ。雨がぽつぽつと歩道にしみをつける。雪のかけらがちらほら宙で渦巻く。私のまわりでは人々がそろってその場から避難していくらしく、広場の向かい側では、もう店じまいするからただ同然で商品を買っていけと屋台の店主が叫んでいて、なぜかは分からないが私はその店に行き、トッピングを全種類載せたホットドッグを二つと、怪しげなコーヒーをひとつ買い、それからなぜ買ったのかが分かった。最高にうまかった。ナプキンまで頬張りそうになった。愛しのニューヨーク！

かつて私はこの街に住んでいた。コロンビア大学に通い、最初は歴史、それから放送ジャーナリズムを学んだ。『ニューヨーク・ポスト』紙で働くという不毛な二年間を経て、厳しくも実り豊かな十三年間を五十四丁目のキャッスル＆フォーブス、マディソン・アヴェニューからすぐのところで過ごした。それから、不眠症と午後の頭痛、迷いと胃酸過多を抑える錠剤をサンディエゴに持っていき、太平洋に捨てた。ニューヨークとはいまひとつ相性が合わなかった。そのことにはずっと気づいていた。コロンビア大学では、アイオワやネバダからはるばる来ている同級生もいたし、もっと近場のニューハンプシャーからやってきた私を尻目に、卒業後、彼らはマンハッタンに吸い込まれ、そのままそこで暮らし続けていた。私は持ちこたえられなかった。「私の街じゃなかった」というのが口癖だ。

今日、その街はすっかり私のものだった。私がここの主だった。トレンチコートを大きく広げ、髪に風を受けて歩き回り、一時間かそこら、空を舞うちょっとしたゴミや――三十年前と比べてなんと少ないことか！——天気の急変に身を屈める市民、レストランの店内の明かりや、小さなテーブルで顔を見つめ合いながら話をする人々の主となった。服についた白い雪のかけらが消えなかった。トランプ・タワーに入るころには、長くてつらいびしょ濡れの街歩きになっていた。化粧室で身なりを整え、会場のある階にたどり着いた。授賞式での席は正面の前のほうだった。赤ワイン色のクロスがかかった円卓を八人で囲んだ。ほかの七人は私よりずっと若く、活気のある集団で、気の利いた皮肉を次々に飛ばした。それに、私と同席することを光栄に思っているらしく、よく見える席に座らせてくれた。そこまではよかった。

デザートが出てしばらくしたところで、背中の神経が痛み出した。自分の名前を呼ばれて演壇に向かうころには、シューシューと音を立てるニューヨークの昔ながらのスチーム式ヒーターに右の肩甲骨が押しつけられているような感覚だった。巨大な部屋の前方で、私はメダルを受け取った——そう、トロフィーではなく、刻印の入った直径八センチほどのメダルだった。いい文鎮になりそうだ。そして暗記しておいた謝辞をひととおり述べ、そのほかの科白はすべて省略して自分のテーブルに戻ったそのとき、別の痛みに襲われた。今度の痛みはお腹のあたりで、いまや私は、路上での昼食、うまかったニューヨークのホットドッグ、特に二本目は食べなければよかったと悔やみ、腰を下ろすことも、ちょっと失礼と言うこともせず、消化不良の嵐にさらわれるままに部屋を出ると、廊下の先にある男子トイレに行った。メダルを胸ポケットに入れてジャケットをフックに掛けるのも間一髪だった。

炎を上げる腸とともに腰を下ろし、まず体が恥辱にまみれ、そして、誰かがトイレに入ってきて隣の個室を選んだとき、魂も恥辱にまみれた。この国の公衆トイレは、その名に恥じず公に開かれすぎている。壁が床まで届いていないのだ。私と隣の男は相手の足が見えた。いずれにせよ、相手の黒い靴と濃い色のズボンの裾は見えた。

しばらくして、向こうの個室と私の個室の境目の床に彼の手が降りてきた。四角く切り取ったトイレットペーパーに、猥褻な提案が大きくはっきりと書かれていて、否応なく私の目に飛び込んできた。痛みのなかで、私は笑った。大声ではなかった。

隣の個室から、小さなため息が聞こえた。

申し出を黙殺されても、彼は出ていかなかった。検討してもらっていると思ったに違いない。私がそこに居座っているかぎり、彼には希望の糧になる。とはいえ、私はまだ出られない。腸が激しくうねり、くすぶっていた。背中の神経からの謀反のシグナルに、肩から右腕の先にかけて、骨の髄まで痛めつけられていた。

どうやら授賞式が終わったらしい。男子トイレはどっと活気にあふれた――ヒュッと音を立てて開く扉、流れ込んでくるいくつもの声。咳払い、蛇口の音、足音。ペーパータオルを巻き取る音。

そのどこかで、床にあるメモに手が伸び、指が触れ、持ち去っていった。それからすぐ、その男、トイレのカサノヴァは、隣から消えていた。

私はそのまま座っていた。どれくらいそうしていたかは分からない。音がこだました。静寂。小便器に水が流れる音がした。

まっすぐ立ち上がり、服をしっかり着ると、洗面台のところに行った。

そこに残っている男がもう一人いた。私のいる洗面台の隣に立っていた。私は水を出して手を洗った。彼も手を洗った。

その男は長身で、特徴的な頭をしていた——赤ん坊の髪の毛のように薄く色のない髪と、骸骨のような顔に分厚い唇。どこかで会ったことのある顔だ。

「カール・ゼインじゃないか！」

彼は小さく微笑んだ。「違います。マーシャル・ゼインです。カールの息子ですよ」

「そりゃそうだな——カールならもっと歳を取っているはずだ！」その出会いのせいで、私は堂々巡りをした。もう手は洗い終えていたが、また洗い始めていた。自己紹介をし忘れていた。

「お父さんにそっくりだ」と私は言った。「ただし二十五年前のね。今夜は授賞式でここに？」

彼は頷いた。「僕はセキスタント・グループにいるんです」

「お父さんのあとに続いたわけだ」

「そうですね。キャッスル&フォーブスでも二年ほど働きました」

「驚いたな！　カールはどうしてる？　今夜来ているのか？」

「三年前に亡くなりました。ある晩、眠ったまま目を覚まさなかった」

「なんだって。なんてことだ」。ときどきあることだが、その瞬間、まわりから事実がすべて奪われてしまい、ほんのささいな仕草もできないような気分になった。その感覚が消えると、私は言った。「それはお気の毒に。いい人だった」

「少なくとも苦しまずに逝きました」とカール・ゼインの息子は言った。「それに、みんなの知るかぎり、父はその夜、幸せな気分で眠りにつきました」

私たちはおたがいに横長の鏡に映る相手に向かって話をしていた。私はほかの場所、ズボンや靴には目を向けないようにした。だが、授賞式では私たち男性は一人残らず黒いズボンに黒い靴をはいていた。

「じゃあ……よい夜を」と彼は言った。

私はお礼を言い、おやすみと声をかけ、彼が丸めたペーパータオルをゴミ箱に放り投げて扉から出ていくときに、あろうことかこう付け加えてしまった――「お父さんによろしくな」。

人魚

その惨めな幕間のあと、五番街を重い足取りで歩いていった。私の肩は燃える焚きつけをどっさり袋に入れて担いでいるようで、ホテルまでの三ブロックはまともに背筋を伸ばすことすらできなかった。雪が本格的に降り始めていたうえに、土曜日の夜だった。歩道は混み合っていた。私に向かってくる人たちは寒さに背中を丸めてコートの前をきつく閉じ、雪のかけらに顔を打たれていた。顔はどれもよく見えなかったが、私はその目を覗き込んでいるような気がした。

それからどれくらい経ったかは分からなかったが、見慣れない部屋で目を覚ました。どういう風の吹き回しか、目が覚めたきっかけは肩の痛みではなく、痛みがなくなったことだった。私は横になったまま安堵に浸っていた。

窓の外の出っ張りには雪が分厚く積もっていた。期待に満ちた静けさ、周囲の途方もない不在に気がついた。ベッドから出て服を着ると、街を見て回ることにした。

午前一時ごろだったと思う。降り積もった雪は深さ十五センチに達していた。パーク・アヴェニューは滑らかで、やわらかく見えた――その表面には車の跡がひとつもなかった。街はほぼ完全に動きを止めていて、わずかに聞こえる音はくぐもってはいたが、完全に別々のものだった。どこかで低く唸る除雪車、一台の車のクラクション、別の通りからかすかに届く男の叫び声。雪を見るのは何年ぶりなのか数えてみようとした。十一年か十二年ぶりだ――そのときはデンヴァーにいて、これとまったく同じ風景だった。一台きりのタクシーが、パーク・アヴェニューの手つかずの雪の上を滑るように走ってきたので呼び止め、どこかこの時間に開いているレストランを見つけてほしいと運転手に頼んだ。後部座席のウィンドウから見つめていると、まばゆい静寂の数々が街灯から降り注ぎ、私たちの乗った車がつけたばかりの黒い轍が無限のなかに消えていく――パーク・アヴェニューの道路がそこにあるという唯一の証。その運転手がどうやって道路から逸れずに走れたのか、今でもよく分からない。タクシーはユニオン・スクエア近くにある小さな食堂に着き、私はそこで素晴らしい朝食にありついた。店にいたわずかばかりの客は、私と同じく種々雑多な放浪者、歴史を物語る顔の大きなニューヨーカーたちで、ここに説明なしに集まってきた一人一人がかけがえのない存在に思えた。勘定を払って店を出ると、ミッドタウンに向かって歩いて戻った。サンディエゴを発つ直前に防水の礼装用靴を買っておいてよかったと思った。まだ誰も歩いていない場所を探しては、粉雪を蹴り飛ばした。ラテン系の曲を演奏するピアノの音に惹かれて、ある店に入ると、そこは悲しみに沈んだ雰囲気だった。薄暗い酒場、淀んだ匂い、ピアノの気だるげなメロディー。そして一人だけいた客は、ふくよかで、豊かなブロンドの髪をした魅力的な女性だった。イブニングドレス姿だった。明るい色のショールを肩にかけていた。落ち着き払っているように見えたが、涙を流していてもおかしくなかった。

後ろで扉が閉まった。小柄で年老いた黒人のバーテンダーが眉を上げたので、私は「スコッチのロック、レッドラベルを」と言った。話をするのは無作法だという気がした。ピアノは一番奥の薄暗い片隅で鳴っていた。そのメロディーには聞き覚えがあった。メキシコの伝統的な曲「マリア・エレーナ」だ。ピアニストの姿はまったく見えなかった。ピアノの前には、大きなテナーサックスが台に立てかけてある。演奏者がそこにいないせいで、サックス自体が人間のように思えた。姿の見えないピアニスト、幻滅した老バーテンダー、大柄でグラマラスなブロンド女性、希望を挫かれた孤独なサックス……そこに、雪のなかを歩いてきた男……曲の名前が頭に浮かぶやいなや、「彼女の名前はマリア・エレーナ」という声が聞こえたような気がした。その光景は、月明かりに照らされたモノクロの場面のようだった。三メートル離れたところにあるテーブルでは、ブロンドの女性が、胸を張り、顔を上げて待っている。片手を上げ、指で私を招いた。涙を流していた。涙が伝った筋が、頬で輝いていた。「ここに囚われの身なの」と彼女は言った。私は向かいに腰掛け、泣く彼女を見守った。背筋を伸ばして座り、片手はテーブルの上に置き、もう一方の手で酒のグラスを持っていた。ダンサーのような恍惚とした心持ちだったが、身動きはしなかった。

ウィット

私の名前など、君にとっては無意味だろうが、私の作品を何度も見ている可能性は高い。私が台本を書いて監督したテレビＣＭはかなりの数になるが、なかでもきっと君が覚えているだろうものがひとつある。

その三十秒のＣＭには、灰色のウサギを追いかける茶色のクマが登場する。それぞれ坂を越えてきて、次々に画面に現われる。追いつめられたウサギは泣いていて、そこにクマが近づいてくる。ウサギはベストのポケットに前足を入れ、一ドル札を取り出してクマに渡す。クマはその贈り物を見つめ、座り込み、虚空をじっと見る。音楽が止み、音が消え、科白もなく、どうなるのかまったく分からないまま、ささやかな物語はそこで終わりを迎える。ある銀行グループのCMだ。こう説明すると馬鹿らしく聞こえるだろうが、実際に見てもらえれば分かる。どんな演出なのか見たことがあれば、かなり風変わりな広告だということが分かるはずだ。実際、何を描く物語でもないのに、それでも実に感動的なのだから。

広告とはふつう、心の琴線に無理やり触れて金を出させようとするものではない。だが、このCMはそのルールを破り、それが功を奏した。

このCMのおかげで、その銀行チェーンはかなりの数の新規顧客を獲得した。そしてCMも話題を呼び、いくつか賞をもらった——実を言えば、私がこれまでにもらった賞はすべてそのCMに与えられたものだ。第二十二回スーパーボウルの前半と後半の両方に放送されたし、人々はまだ覚えてくれている。

賞は個人に贈られることはない。チームに、代理店に贈られる。だが、職場での伝説という点では、個人の名前はそのプロジェクトと結びついて語られる——「あれを作ったのはウィットだ」（ビル・ウィットマン、それが私の名前だ）。「そう、ウサギとクマのやつはウィット作だ」と。

何より功績があるのはその銀行だ。将来の顧客に向けて、その奇妙なメッセージを発し、暗号のような身ぶりで取引を始めようとしたのだから。それは暗号という以上に謎めいていて解読不能なメッセージだった。私としては、それは規則に則った経済的な交換が調和の基礎になることを示すメッセージだったと思っている。金が獣を手なずける。金とは平和だ。金とは文明だ。つまるところは金なのだ。

どこの銀行か、名前は伏せておく。もし君が銀行名を覚えていないなら、結局は大したＣＭではなかったということだ。

君が一九八〇年代にゴールデンタイムのテレビ番組を見ていたなら、まず間違いなく、私が台本を書いたか監督したか、あるいはその両方を務めたＣＭをほかにも何本か目にしているはずだ。私は短い不幸な二度の結婚に別れを告げて二十代をどうにか抜け出し、そしてエレインと出会った。去年の六月で結婚二十五周年、娘を二人授かった。妻を愛してきたか？　私たちはうまくやってきた。自分たちを祝おうという気になったことは一度もない。

私はもう少しで六十三歳になる。エレインは五十二歳だが、もっと老けて見える。見た目ではなく、満足げな雰囲気が。彼女には激しさというものがない。もっぱら娘たちのことばかり気にかけていて、しょっちゅうやりとりをしている。娘は二人とも成人して、無害な社会人になった。特に美人でもないし、賢くもない。

娘たちが小学校に通い始める前、私たちはニューヨークを離れ、徐々に西に向かった。デンヴァーに一年（冬が長すぎる）、フェニックスにも一年（暑すぎる）、そしてついにサンディエゴに来た。素晴らしい街だ。年々人口が増えてきているが、それでも手放しで素晴らしい。ここに引っ越してきたことを一瞬たりとも後悔したことはない。それに、収入面でもすべてうまくいった。ニューヨークに残ったほうがもっと稼げただろうが、出費もさらにかさんだだろう。

昨晩、エレインと私はベッドで横になってテレビを観ていた。何が記憶にあるかと私は訊ねてみた。彼女はさして覚えていなかった。私よりも少なかった。テレビはごく小型で、部屋の反対側の鏡台の上に置いてある。つけっ放しにしておけば、ベッドで起きている言い訳にはなる。

今になってみれば、これから生きる年数よりも、過去に生きた年数のほうが多い。これから楽しみにすることよりも、思い出すべきことのほうが多い。記憶は薄れつつあり、過去のことはそれほど多くは残らない。もっと多くを忘れてしまっても、私としては構わない。

ときおり、テレビをつけたままベッドで横になり、何冊か持っている民話集の一冊から太古の野蛮な物語を読む。海の乙女たちを呼び出す林檎や、何でも願いを叶えてくれる卵、人の鼻を長く伸ばしては落とす梨。そしてときおり、起き上がってローブを羽織り、静まり返った近所に出ていくと、魔法の糸、魔法の剣、魔法の馬を探す。

アイダホのスターライト

The Starlight on Idaho

親愛なるジェニファー・ジョンストン、

さて、最近どんな調子かってことをお知らせすると、この四年はマジできつかった。おたがい小学校五年生だったときのことを覚えてるかな。君が「マークへ　大好きよ」って書いたハートマークつきの手紙を俺に回してくれて、俺がそれを裏返して「俺のこと好きってこと？　それとも愛してるってこと？」って書いたら、君は新しいメモにハートマークを二十個と、「愛してる！　愛してる！　愛してる！　愛してる！」って書いたのを列の後ろに戻してくれたよな。今の俺としては、腹のなかに十五か十六本のかぎ針があって、そこから伸びる糸がずっと会ってない人たちの手に握られてるって感じで、その話もそんな糸のひとつなわけ。でもまあ、ただの近況報告だから。この五年で俺は八回くらい逮捕されて、銃弾を二発喰らったけど、それは一度に二発喰らったんじゃなくて一発ずつ別々に喰らったんだが、まあいろいろあってね、車に轢かれたこともあったと思うけど、それすら覚えてない。これまで二千人くらいの女を愛してきたけど、君がそのリストの一位だと思う。以上です、みなさん、以上です。
キャス（五年生のとき君からはマークって呼ばれてた——フルネームはマーク・キャサンドラ）

追伸——俺はどこにいるんだって君は思うかもな。そんなこと訊くなんて変だけど。冒険に出ること数知れず、今はまた「北カリフォルニアの腋」、ここユカイア某所にいるよ。

キャス

＊

親愛なるダチ、愛する支援者のボブ、

さあ、アイダホ・アヴェニューにあるスターライト依存症更正センターからの最新ニュースだ。輝かしき時代にはスターライト・モーテルって名前のほうがよく知られてた。お前だって一度か二度はここに泊まったことがあるんじゃないかな。そう、きっと酔っ払って8号室で伸びてたんじゃないか。まさにその部屋で、俺はこの机の前に座ってこの手紙を書いてて、珍しく本当に投函しようと思ってる。っていうのも、お前のクローゼットに入ってるあの箱のなかに、いくつか必要なものがあるんだ。まだ箱がそこにあればってことだけどな。ジーンズが一本と、たぶん靴下も何足か入ってるから、この際、箱ごと持ってきてくれたらありがたい。俺の手元には何でもひとつずつしかなくて、靴下だけはひとつずつあって両方白いけどメーカーが違う。懐かしのブーツははき潰したけど、ここですごくいい中古のランニングシューズを一足もらった。だけどこれだけは言っておく——俺はどこにも逃げたりしないからな。ここで踏ん張ってやり抜くつもりでいる。なぜか？　なぜって、この四年はマジできつい思いをしたからだ。この四年間、銃弾を喰らい、ムショに入り、狂ってると宣告され、とかなんとかあって、まだ三十二歳だってのに本当に昏睡状態になったやつは辺りを見回しても俺しかいない。事情をよく知ってるらしい医療関係の連中には、「なんで死んでないんだ？」って何度も訊かれてる。

おっと、寝落ちしてたみたいだ。この施設で抗アル中薬をもらってるんだが、ときどきパッと意識が遠のいて夢を見てしまう。数日経てばそういうのはなくなるって言われてる。

連中はお前に電話をかけさせてくれないんだけどさ、「家族の集い」にお前が来るのは許してくれるはずだ。日曜の二時から四時まで。この手紙を出す前に、お前が来ても大丈夫かどうか確認しておくよ。例の集まりに馴染みの顔がいるのも悪くないからな。

俺はとぼとぼ進むタイプじゃない。ロケットスタートしてみんなを二十メートル近く引き離したら、あとはよろめいていって、息も絶え絶えでサイドラインで大の字になってるタイプだ。そのうち、着実にとぼとぼ歩いて、「幸せな運命の道」とやらを進んでいくほかのやつらの声が聞こえてくる。

自分のコースから外れずに気楽にやれって思い出させてくれるやつが俺には必要で、そこでわがボブ・Cの出番だ。そいつはアルコール依存症集会での俺の支援者だけど、支援者ってのは電話しなきゃならない。ボブ・Cに電話するのは好きじゃない。いつもお利口でまっとうなことばかり言いやがる。

だからそいつが、俺の私物が入った箱と、家族の集いでの話し合いにちょっとした情報を持って現われるなら、どれだけ安心するか。

キャス

*

親愛なる親父、親愛なるばあちゃん、

俺はここ、スターライト依存症更正センターのこの部屋のこの机の前に座って、知り合い全員に手紙を書いてる。俺の心のなかに十本くらいのかぎ針があって、そこから伸びる糸をたどってるんだ。俺がこれを誠心誠意やってて、ちょっとした助けを求めてるってことが、天にましますいるんだ。俺がこれを誠心誠意やってて、ちょっとした助けを求めてるってことが、天にまします誰かさんに伝わってるといいんだけど、ここではっきり言っとくと、俺はひざまずいたりはしないからな。昔からそんなタイプじゃなかったし、あんたらのお友達イエスが十字架から降りてくる前に俺みたいなやつにひざまずいてほしいって思うんなら、待ってても無駄だって言ってやる。この場所もここにいるやつらも地獄に落ちろ。リハビリなんかもううんざりだって言ってるんだ。グループセラピーのせいで頭のなかが余計にもつれちまった。要は、怯えた嘘つきどもが輪になって、ジェリーってやつのケツにキスしてるのさ。集合に遅れたら締め出されて、二回目も遅れたら通りに放り出されるんだけど、ここでひとつ、一歩下がって考えてみよう。俺が軍隊に入らなかったのは、まさにその手の決まりごとが我慢できないからだ。そうとも、俺は頭にきてる、そういうこと。毎晩毎晩この部屋のこの机の前で二時間粘って、心のなかのかぎ針のことをじっくり考えて、俺の人生の物語を書き留めたら、二週間経ったところで各自がそれを全員の前で読み上げるわけ。椅子に座って、自分が情けなくも転落していったいきさつを、輪になった幽霊ども相手に語って聞かせる。俺もそれをやるかもしれないし、そこまでたどり着かないかもしれない。目下、ノートを嘘八百で埋めて、字がうまくなるのを待ってる。でもさ、俺は、本当に心からこれに取り組んでるんだ。心から。ここにちゃんとした証拠がある――リハビリに挑戦するのは三回目だけど、四日間持ちこたえたのはこれが初めてだ。

さてばあちゃん、こないだの日曜の家族の集いでばあちゃんがやらかした騒ぎは面白かったけど馬鹿みたいだった。そのうちまた来てほしいけど、控えめに頼むよ。いいかい？

うちがどういう一家なのかを家族のなかで説明するのはもうごめんだ。ばあちゃんからしたら、俺たちはみんな天才ぞろいのチビっ子で、もうちょっと餌をやりさえすればぐんぐん伸びるみたいに思ってるんだろ。けどさ、刑務所の扉が俺たちの目の前でガシャンと閉まった延べ回数ときたら相当なもんだし、結局はそういう統計値がすべてなんだよな。このリハビリセンターの連中は俺を助けようとあれこれやってくれてるわけだけど、俺たちはちょっと立ち止まって考えたほうがいい。自分でもこんなこと言うなんてショックだけど、この四年間、自分のクスリ癖に散々引きずられたせいでかなりしんどい思いをしてて、今は学ぼうってつもりでいる。思い込みは脇に置いて、しっかり耳を傾けようって。ばあちゃんは日曜の家族の集いで話を聞いてたんだとばかり思ってたけど、残念ながら、ヨダレを垂らしたクーガーみたいに、哀れなジェリーに飛びかかろうと待ち伏せしてたってわけだ。俺だってジェリーなんか嫌いだけどさ、あいつはきっぱり素面でいること三年って強者で、一方の俺は先週までばっちり酔っ払ってた。それがすべてを語ってる。俺は鏡があればよけていくっていう情けない男なんだ。

ばあちゃんの助けはいらない。しっかり訓練を受けて資格もあるカウンセラーたちにいくつか教えてもらいたい。それに、自分のばあちゃんが家族の集いの話し合いに突進してきて、やれイエス・キリストだのサタンだのと講釈を垂れるなんてのはまっぴらごめんだ。二時間の会合の最後の三十分が、天国やら地獄やらのありがたいたわごとに消えちまった。幸い、ジェリーにはユーモアのセンスがある。キャサンドラ家を代表しての強烈なお言葉に感謝いたします。私はここで悪霊に囲まれているわけではありませんよ。これが、しっかり訓練を受けて資格もあるカウンセラーってやつだ。

うちがどういう一家なのかを家族のなかで説明するのはもうごめんだ。こんなアホらしいことがあるか。この手紙は出さないし、あんたらのところに届くことはないんだから毒づいたっていいだろう。スターライトがモーテルだったときのことを覚えてるか？　俺はモーテル時代のスターライトを覚えてる。通りの向かいにあるバス停のベンチには娼婦が座ってた。サンフランシスコを追い出された惨めな女たちで、肌はしみだらけで頭はへこんでた。歓楽街で商売できなくなるなんて、よっぽど運に見放されたわけだ。通りを渡ってそいつらのところに行こうなんて気にはならないけど、ときどき、スターライトの部屋にいてやけくそになったやつがそこに向かってた。まあ、かく言う俺だって、一分か二分くらいはそこに行こうかって思った。ところが娼婦どもはもういなくなってて、バス停のベンチには誰もいない。バスはもうここを通ってないと思う。

ていうか、うちは胸に紋章のタトゥーを入れるような立派な一家じゃない。兄貴が居間でガールフレンドの鼻をへし折って、「これにて弁論を終了する」って言ったときのことを覚えてるか？　親父がふやけたシリアルをすくうみたいに片手を突っ込んで、ぼんやりした目を宙に向けたまま、そのドロドロの塊を約二十二分間、手で持ってただ座ってたときのことは？　ジョンがダラスで逮捕されて新聞に写真が載って、それをあいつがわざわざ手紙で送りつけてきたときのことは？　あの写真で一番よく覚えてることは何かって、あいつが写真を指でちぎったせいで、どの端もぎざぎざだったってことだ。一番上の兄貴は、テキサス州からハサミすら持たせてもらえないような人間なのさ。

ついでに書いとくと、もしこのリハビリプログラムがうまくいって俺が立ち直り、うまくバランスを取れるようになったら、大学に入ろうと思う。最初はそんなことを言うつもりじゃなかったけど、もしちゃんと人と目を合わせられるようになって、両替もできて人と話もできるようになったら、アルバイトをして大学に入る。でもばあちゃんの、前回、家族の集いがあった日の暴れっぷりときたら

＊

親愛なるヨハネ・パウロ法王、

あんたにはファーストネームが二つあるのか、それともパウロ氏みたいにパウロが苗字なのか。

それから、これは単にまぐれとかじゃなくて、自分で招いた状況だってことは分かってる。

最初はハイになるのが面白かった。どうでもいいことで笑って、足がもつれて尻もちをついてしまうのが楽しかった。その後、それが苦痛になったけど、押せばまわりの世界を破壊できる、そんなボタンだった。

ていうか、あのグラスを持って下唇につけるところまでやって、気がついたらベガス行きの亡霊バスに乗ってる。あれにはけっこうなパワーがあるだろ。自分が出てる映画が気に入らなかったら、ふと前に出てくる瓶をつかむだけで、全然違う話にしてくれるみたいなもんだ。

法王になったら、何を食わしてもらえるんだ？　ここの飯をときどき試してみろよ。昼にはマシュマロとコーヒー豆をもらえる。魂が完全に大破した連中のための解体処理場、それがここ、カリフォルニア州ユカイアのアイダホ・アヴェニューにあるスターライト更正センターだ。ったく、俺はどうしちまったんだ？　法王に手紙なんか出すわけないのに。

でもさ、思うに俺は悪魔と取り引きしてきたんだから、専門家の指導があってもいいよな。悪魔はマジでいるし、マジで俺に話しかけてくる。抗アル中薬の副作用ってだけかもしれないけど、それにしたってルールは知っとかないと。今のところ、やつの命令に従う必要はなくて、まあ無視しとけばいいってのは分かったと思うけど、この調子でやつの癪に障ることばかりしてたら、俺の家族が付け狙われることになるんだろうか？

マーク・キャサンドラ

＊

親愛なるサタン、

セニョール・ミスター・ビジネス、あんたは一個のバカでかい泡で、それがパチンと弾けたときにそばにいたら、マジで臭い液をまともに浴びてしまう。俺はそんなのごめんだな。

ていうか、俺は変わろう、何が何でも変わってみせようってことでここにいるわけだけど、思いつくことといえば、もしここがまだ昔のままのスターライト、〈悪い夢のモーテル〉なら、二百ドルくらいかき集めてここに引きこもって酔っ払ってやろうか、そのうち俺の死臭に気がついたやつらが扉を蹴破ってくるんじゃないかってことばっかりだ。でもすべては変わっていくものだし、スターライトもすっかりリニューアルしてるから、俺だってすっかりリニューアルして、アルコール以外のものを腹に注ぎ込むもっとましな方法を見つけたほうがいい。グループセラピーでウェンデルってこの男の発言で俺が気に入ったのは、俺たちの毒々しい考え方に正しい考えを注ぎ込めばいいって話だ。汚い水の入ったグラスにきれいな水を注いでいくみたいに――そのうち満杯になってあふれ出し、そんなふうに注ぎ続ければ俺もきれいになれるってわけだ。

ばあちゃんからはこう言われてる。キャス、いいかげんに酒をやめないと、お前の赤ん坊はみんな斜視で生まれてきちまうよ、それにお前は見知らぬ町に葬られることになって、間違った綴りの名前を墓石に刻まれるんだよ。

＊

親愛なる妹へ

兄さんはここにいる——そう、まただ——相も変わらず。

でも誓って今回は違うぞって気がする。お前にはいいかげんなことを言ったためしはないから、それ以上は言わないでおくよ。違うぞって気がしてることだけは誓う。

家族の集いに来たかったら来てもいい。俺はこれまで家族の集いに一度出たけど、来たのは懐かしのばあちゃんだけで、ちょっとした騒動になった。お前がダラスから出られないのは知ってるけど、休暇で帰省するんなら、馴染みの顔を見るのもいいもんだ。それが妹のマリゴールドなら、俺も笑顔になれる。マリゴールド、俺の妹よ。若く気高きペチュニアよ。毎週日曜、午後二時開始だから。お前ならきっと、ばあちゃんよりもうまくやってくれる。ばあちゃんときたら、三時十五分くらいまでは貝みたいに黙ってた。家族の集いは二時間あって、妻とか夫とか子供とか、親しい人なら誰でもグループセラピーに参加できる。たいていは真剣そのものって顔で座ってて、自分たちがこれから告げ口されるのか、秘密を暴かれるのかどうかは誰にも分からない。つまり、愛する家族が関わってるささやかでねじくれたゲームはとにかく慎重にやれってことだ。ジェリーが「愛する人にどんな言葉をかけますか」と訊けば、連中は「分かりません。パスします」とか言うわけだ。ところが、この手の施設にさんざんお世話になってきたカルヴィンってやつがいて、そいつは順番が回ってきたら妻のほうを向いて「愛してるよ」ってズバッと言った。妻をまっすぐ見て、鼻をすすって泣いてた。彼女のほうは夫を見つめて、「わたし――わたし――」って言ってた。火事になった高層ビルから飛び降りたら君は助かるぞって言われたみたいな目で夫を見てたけど、まともな言葉は何も口に出せずにいた。「こんなやつらはどうでもいい」とカルヴィンは言った。「ほかのことはどうでもいい。君を愛してる」。すると彼女は「わたしも愛してる」って言った。「わたしも愛してる！」俺たちみんな、つまりばあちゃんも見守ってるなか、その夫婦は五分くらい抱き合って泣いてた。その手のことが長い目でどれだけプラスになるかは知らないけど、とにかくそういうことがあると家族の集い全体が盛り上がるのは確かで、会自体も面白くなる。そうそう、ばあちゃんの話をしてたんだった。ジェリーってやつがいて、そいつはカウンセラーとか進行役とか呼ばれてるけど、そのジェリーが会の初めに、いかにも当たりさわりのない説教をしてくれる。大酒を飲むってのは本人のせいじゃなくて、遺伝子とか血とかから受け継がれてるだけかもしれないって話だ。ばあちゃんは膝に両手を置いて日曜学校みたいに座ってた。そのまま一時間半くらいウンともスンとも言わずにいたけど、そのうちジェリーに鋭い目を向けてることに俺は気がつく。細い目がマジで燃えてるみたいになって、それではかの誰かがしゃべってる最中に、ジェリー相手におっ始める。「ジェリー、それがあなたの本名なら、あなたは大地に立って自然の真理を伝えるよりも木に登って嘘を言うような人間ね」とかなんとか言う。ジェリーが口ごもってると、ばあちゃんは古き良きカリフォルニアの空気（そいつは毒だってのがばあちゃんの口癖だけどな）をもう一回吸い込んでからこう言う。「つまりあなたは、すべての責任はこの子の祖母であるわたしやわたしの先祖にあるって言いたいのかしら。わたしたちはナンタハラ山の善き民で、そもそもノースカロライナから出るべきではなかったけれど、わたしの夫はテキサス州オデッサの市長のために演説原稿も書いているし、わたしたちの血はあなたの血と同じくまともです。それをあなたは、父親たちの罪みたいにアルコール依存症の家系だと言うわけ？」その調子で今度はばあちゃんが厳しい説教を繰り出して、「自分の惨めな過ちを家族のせいにするんじゃなく、自分の二本の足でしっかり立って受け止めるんだよ」ってジェリーの目の前十センチのところまで顔を近づけて言う。ジェリーのほうは、もう出ていって首を吊ろうかって顔だった。あれは楽しかったよ。

言うまでもなく、その話が始まって十三秒くらいしたらイエスの名前が出てくる。「アルコール依存症克服団体はサタンの手先です。それをしっかりわきまえて黙っておきなさい」とか何とか。

そんなわけで、家族の集いは毎週日曜の午後二時にある。二時から四時な。俺は当然ながら出席しないといけない身だが、家族の集いに家族が出てなかったら何の意味がある？　だからお前を招待するよ。ていうか、ダラスから出してもらえるんなら。

以上。以上。ここじゃ抗アル中薬を飲まされてて、そのせいで眠くなる。以上。

＊

親愛なる兄貴へ

俺はローラーコースターのギリギリまで行って、吹っ飛ばされてしまった。もうだめだ。俺はおしまいだ。そうさ、フォークを出せよ。

今度の十月、俺の三十三回目の誕生日だろ。でもこの二年だけでも少なくとも三回、目が覚めたら何も記憶がなくて、医療スタッフにあちこち何かくっつけられてて、「あんた息してるなんて運がいいよ」って言われる経験をした。

でも考えてみたことあるか。悪魔は実在して、そのかぎ爪に捕えられてる連中は邪悪な人生っていうゴミのなかを実際に引きずられていって、その先には本当に地獄が待ってるかもしれないなんてこと。

ルーク、ずばり言おう。テキサスに行った話は去年したよな。ヒューストン、ダラス、オデッサ、全部話した。でも言わなかったことがある。最後に会ったあのとき、兄貴は親愛なる親父とばあちゃんの平和な家で原子クソ爆弾みたいに振る舞ってたけど、あの夜、兄貴が居間で家族みんなが見てる前でガールフレンドの鼻をへし折って、落ち着いた声で「これにて弁論を終了する」って言ったあと、俺は古き良きゲイツヴィルにある懐かしの刑務所に行って、懐かしのお袋と面会した。

そうとも。お袋に会ってきた。

俺が見つめてたら、お袋は縮こまって点になった。

こう言ってた。

昼寝して、そのうち目を覚ますの、
犬がクンクン鳴いてるのが聞こえるから目を覚ますと、
その犬はわたしのなかにいて、子犬が鳴いて
わたしのなかの小さな心を引き裂こうとする。

こう言ってた。
父さんはわたしの生まれよりもほんの少し上まで行けたけど
母さんはお前たちを自分のレベルにまで引きずり下ろした

フジヤマ・ママ、それがお袋の歌だったろ。覚えてるか？
わたしはフジヤマ・ママ、山頂を吹っ飛ばそうとしてる
わたしが噴火を始めたら
いつ止まるか分からない

あれは本当にあった歌なのか？　それともお袋が作った歌なのか？

すまない。このページを焼いて、燃えてるうちに神に手紙を書かなきゃ。でも、神よ、あんたはどこにいるんだ？　いったい何をやってるつもりなんだ？　俺たちはここで地獄にいる。ここは地獄だ。地獄だよ。だろ？　スーパーマンはどこにいるんだ？

ひょっこり現われてとち狂った一幕を展開したばあちゃんは、俺にこっそりこう言った。「お

前は悪霊どもに取り囲まれてる。神がお前のはらわたに手を回して、地獄から引きずり出してくださるよ」。地獄から出る旅としては前代未聞の長さだし、もう出られたってんなら、フライにされてる匂いがするのは誰の肉なんだ？　神はごろりと横になると、バドワイザーの栓をねじって開け、もう居眠りに入っちまった。その間、俺はここに座ったまま燃えてて、バーベキューの上で悪臭を放ってる。

＊

親愛なるメラニー、

――えっと、君に会えて嬉しかったし、死にかけてる君の娘とか君の財布の話をグループで話してもらえてよかった。もし俺が頭で思い描くことしかできないような人たちについての話だったら、もっと胸が悪くなっただろうけど。俺が想像することしかできないような人たちの話だったら。でも、君と実際に会ってから、今はそんなにつらくはない。直接話を聞くとね。だって君は優しくて誠実な人柄で、快活で、いつも笑顔で、六十一歳とは思えないほど若々しいし、どれだけつらい思いをしてきたとしても、俺にはまぶしく見える。君は美しい。

この四年間、俺は嚙まれっぱなしで、でかい穴がいくつも開いてしまった。前はもうおしまいだと思ってた。でも、これに比べればほんのちょっとのダメージだった。

四人仲間のマーク・キャサンドラ（キャス）より

＊

親愛なるサタン、

昨日の晩のあんたのどんちゃん騒ぎ、あれには乗れなかったな

＊

親愛なるドクター、

俺はこれからタバコを一本巻いて、火をつけて、正気のままじっくり吸うからな。

一度、この目で悪魔を見たよ。

*

親愛なるドク、

話の続きだけど、グループにいるメラニーって女性は、もう孫がいたっておかしくない歳なのに老けてないし、優しくて、人当たりも気立てもよさそうな人だ。やわらかい口調で事実を話し始めて――まあそれがふつうだよな、そんなふうに話し始めれば、そのうち悲劇にまみれて突然泣き出すことになる――彼女、つまりメラニーは、去年の火事で娘と孫二人を亡くしてしまった。「娘は善きキリスト教徒でした。二人の可愛らしい子供をちゃんと育て、信心深い子に育てたんです」。アパートの火事でその三人を失った。さて先生、ここからが本題だ――

そのメラニーが火傷治療室にある待合室で眠ってて、娘が死んだとき、誰かがこっそり手を伸ばしてきて彼女の財布を盗んだ。金を取って、財布はゴミ箱に放り込んだ。あとで彼女はそれをゴミ箱で見つけた。娘と孫二人が死んだと聞かされたあとに。

こないだの夜のグループで、俺みたいな感じのやつが「ベガスで目を覚ましてみりゃ、ベトベトしてるわ、一文無しだわ、こんがらがってるわ」って言った。あの街をずばり言い当ててる——俺はそこに行ったことはなくて、ただそこで目を覚ましたんだ。そいつは面白いやつだった。ちょっとゲイリー・クーパーを思わせるところがあって、平原を食らう悪臭漂う街の数々で運の尽きを迎えた本物のカウボーイだった。ここに二日くらいいたんだっけ。聞いたところだと、ここから東に二ブロック行ったところ、四丁目の角にあるレッドウッド・モーテルに行って、メキシコ人のガキとそこにしけこんだらしい。女の子じゃなくて男の子と。つまりそいつが抱えてた問題ってのは、馬も縄も思いのままのカウボーイだってのに、その裏にはちょいと男色をたしなむ別の顔があったってことで、そのせいでプッツンしちまってる。俺たちがやんなきゃいけないのは、ただひとつの物語に絞って、俺たちの本来の姿を見定めて、それをしっかり生きることなんだ。

俺は鬱になりかけてる。鬱に。この抗アル中薬でおかしくなってる気がする。最初の二、三日は体がぐったりしたり眠くなったりしますよって先生は言ってたけど、魂の底にある跳ね上げ戸から落ちる心構えをしておいてくださいってことは言い忘れてたよな。それに、部屋の窓のすぐ外で話し声がしたのに、見に行ってみたら誰もいないってこともあった。ほかの連中といると、つまり実在してる連中と一緒だと、俺はいたって元気なんだ。そいつらは話をして、俺も話をして、すべていつもどおりって感じだ。この部屋に入って後ろ手にドアを閉めると、そこにいない誰かと二人きりになる。

＊

親愛なる宇宙の友人たちとご近所さん、
親愛なる『ローリング・ストーン』誌とテレビガイドへ

〈クール〉を完璧に切らしてることは伝えとかないと。親切にも〈バグラー〉をまる一缶寄付してくれたやつがいるから、それでタバコを巻けるんだけど、ただしこの〈バグラー〉ってのは唇から肺の底まで火がついたみたいな感じになる。だから――俺のいつものタバコを二箱持ってきてくれないかな。俺の言ってること分かるか？〈クール〉だ。

こんな手紙を何千通と書いてるってのにインクがなくならないのはなぜか――実際に書いてる数はあんまり多くないからだろうな。いや、一通も書いてないのかもしれない。幻覚でしかないちっぽけな精神病棟みたいなこの部屋で、さまよってハイキングして行進してるだけなんだと思う。

なあ。この抗アル中薬だけどさ。俺は自分がキリストなんだって思う。悪魔の声がする。だから「部屋に戻れ」ってさ。そんなバカなこと初めて聞いたよ。

なんて醜男なんだ。

マジで醜男じゃないか。

あまりに不細工でアホらしい連中だから、この手紙に耳を当ててみたら、俺がサイユートみたいにそいつらを笑ってるのが聞こえるはずだ。

どいつもこいつも醜男でおかしいのなんののっぺりした顔にのっぺりした頭だ。

この四年間。ときどき俺は自分が死んだんじゃないかって思うこともある。俺は本当は死んでて、ここは煉獄か、天国か、地獄だ。それがどれなのかは俺にかかってる。

確かなのは、あんたの指図は受けないってことだ。聞く耳はない。黙ったほうがいいぞ。俺は奴隷じゃないからな。

俺がいたのは……「地獄への道」だった。沸き立つ黒い泥、燃えるディーゼルの煙。ディーゼルは何よりも熱く燃える。道路の脇にいる人々は轢かれ、押し潰され、殺され、死んだ。すぐそばで悪魔が笑ってるから、やつの歯の血管が見えそうなほどだった。俺を見つけることはできない。俺のチケットにはテキサス行きって書いてある。悪魔はその石を脇に転がして、洞窟のなかのコウモリか羽虫みたいに謎を次々に飛び回らせると、すべての答えがここにあるって言った。たとえばUFOは実在するのか、死後の世界はあるのか。たとえばエルヴィスは、あの最後の暗い日々に何を考え、何を感じてたのか。たとえばJFKに指示を出してたのは誰か。その洞窟は悪臭漂うトイレみたいな悪魔の口で、やつの舌は安っぽい汗みたいに突き出てた。そうとも、やつのどんちゃん騒ぎに引きずり込まれたのさ。かつての俺の人生、つまりトイレのなかを引きずっていかれた。俺の頭、つまりしゃべるクモどもの巣のなかを。間違った綴りで俺の名前が刻まれた墓石のある俺の墓の底を。やつは切断された片脚で立って、わけの分からないことをわめいてた。硫黄のつんとした臭いと湿った恐怖を一丁！　さあいらっしゃい、もちろん純粋な科学的探求のためにこの手の悪臭をかぎにおいで！　市長はもうなかに入ったよ！　おいで！　何もかも立派だよ！　サタンは言う。ギャンブラーどもよサイコロを振れ、ギャンブラーどもを振るのは俺だ、楽園のなかの蛇の眼！　そしてサタンは叫ぶ。どんちゃん騒ぎを仕切ってるのは俺だ、ハリウッドもベガスも俺が仕切ってるし、どの戦争も俺が始めた。俺は赤ん坊の息を吸う吸血鬼、俺が糸を引いてバカどもを踊らせてる、シンナー中毒やセックス中毒、塗料中毒、バイク乗りにトラック乗り、カウボーイに教師たち説教師たち、ヤクにはまった百万人のヒップスター、神経が燃え尽きてガクガク震えるアル中ども、おい神よあんたはどこなんだどこにもいないんだろ、俺たちはあんたの力から出てるか弱いシグナルを探してるんだ……そのすべてが、今、たった今、俺がこれを書いてるあいだに起きてる。

あんたの手下じゃない
キャスより

*

某先生へ

あんたの名前は忘れた。いいから俺の話を聞け。このバカバカしくてリハビリ施設と名乗るのも情けないところにいる誰にもこのことがちゃんと伝わってないんだけど、あんたには言っとかないとな。あんたが俺たちに出してる抗アル中薬は逆効果で、深刻な副作用がある。そこにあるベッドに横になると俺の気分は真っ暗になるし、それから頭のなか、実際の頭のなかが二つに引き裂かれるみたいな感覚がある。悪魔の笑い声がして、人を殺せって俺に命令する声が聞こえる。

心配するなって。やつには生まれたときからずっと操られてるけど、何をすべきかはっきりは言わないし、俺は誰からも指図は受けない性分だから、結局軍隊には入らずじまいだった。でも新聞を読めば、毎日どこかの誰かが飛び上がって赤ん坊の首を斬り落としてるのが分かるだろ。そして正直に言えば、まさに俺の一家にもそんなようなことがあった。俺が四歳のとき、お袋が頭プッツンしてしまい、それから二十八年間、テキサス州ゲイツヴィルの刑務所に入ってる。といっても刑務所で更生なんかしてない。今ごろはもう出してもらってもいいはずなのに、お行儀よくしないから刑期をひたすら延長されてる。

先週、呑んだくれの男がこの八号室に来てちょっとだけルームメイトになった。靴には切り込みが入ってて、片腕のタトゥーには「食えヤれ殺せ」と彫ってあった。それがやつの言いたいことすべてだった。こんにちはもさよならも一切なし。靴も脱がなかった。ここに二日いて、ふらっといなくなった。やつは憎しみの塊だった。俺も酒を断たないと、あんなふうにひたすら臭い息を吐いて、新しい町に来てまだ一分だってのに頭にきて出ていく、なんてことになっちまう。悪魔の最後のかぎ針に心を引っかけられて、町から町へ引きずり回される。ばあちゃんが悪魔について言ってることは本当だ。確かにさ、ばあちゃんが「悪魔があんたを引きずってる」って言うとどこの婆さんのたわごとかって思えるけど、いざ自分の身に起きてみれば、蛇があらゆる体の穴から入ってくる感じで、しかも動けないから、そいつらが入り込んでくるのを止められない。

支援者のボブ・コーンフィールドがついに俺の私物が入った箱を持ってきた。大したもんじゃなくて、小さな箱だけど、中身がまだカタカタいってた。ここ8号室で立ってタバコを吹かして、この場所を作り出したのは俺だぞって調子で見回してた。ここのアル中克服団体の連中は八〇パーセントくらい見せかけだけど、現実を忘れないようにしよう。そいつらは素面なのに、俺ときたらトイレに頭を突っ込んだ状態で目を覚ましてから二週間も経ってない。俺を見てボブは悲しんだと思うけど、憐れみは見せなかった。そんなわけにはいかなかった。

俺ってイエス・キリストなんじゃないか、悪魔がメッセージを送ってきてる気がするって言うと、やつは「お前がイエスの再臨なわけあるか。俺がそうだからな」って言った。冗談だったと思ったけど、もう俺のユーモアの才能は消え失せてる。俺はビビった。

ここは逃げずに事実と向き合おう。誰かが俺の頭のなかから出ていく。

スターライトにいるあんたの患者
マーク・キャサンドラより（キャスと呼んでくれ）

*

抗アル中薬クレーム担当の医師へ

ところで、俺はグループにいるやつら全員が嫌いだ。そりゃマシなやつもいるんだろうけど、それが誰なのか俺は知らない。まあ、なんとかって女は好きだよ。俺がここに来た最初の何日か、グループのなかで彼女はロボットみたいだった。そうだキャロライナって名前だ。シャツとズボンは替わっても、彼女のやることはまったく変わらない。リンダが主催する午後のグループで、気分はどうキャロライナ、あなたの話をしてもらえるかしらキャロライナってリンダが言うと、歌にできるんじゃないかってくらい同じ話を最初の五日間ひたすら繰り返す。顔は悪くなくて、四十歳か四十五歳くらいで、ちょっと小太りだけどセクシーな感じで、化粧もちゃんと似合ってて人形みたいに毎朝決めてくるから、ここはリゾート地のリハビリセンターかよって感じだ。で、中年っぽいゆったりしたショーツをはいてるけど、エナメル革の白い靴が少女っぽい。そして歌うには、「夫は十五年前にわたしを捨てて会社にいた女のところに走ったの、わたしはあっさり捨てられて、この十五年間、目を覚ませばその二人のことが頭に浮かんできて、腹の底までいやな気分になるの。正直に言うと、たいてい朝はそのせいで吐いてしまう」。すると仕切り役のリンダは、「怒りを感じているということね」って言う。「いいえ、怒ってるわけじゃなくて、その行動に少しムカついてるだけ」。毎日、リンダは「怒りを感じているということね」って言う。「でもリンダ、わたしは怒ってなんかいない」と彼女は答える。「ちゃんとわたしの話を聞いてないからそればっかり訊くんでしょ」。そしてついにその女は、「いい、リンダ。わたしは怒ってないの、リ、ン、ダ。この腐れマ、ン、コ、の、ビ、ッ、チ、が」とかなんとか言って、憤然と部屋を出ていくと、F16戦闘機みたいにわめき散らしながら、廊下を歩いて中庭を横切っていく。彼女は出ていった。俺たちはみんな茫然として、黙って部屋で座り、目の前で彼女が自爆してバラバラに吹っ飛んでしまったみたいな衝撃を受ける。てことで俺は、みんなも俺と同じことを考えてるんだろうと思った。あの女は二度と戻ってこない。そのまま歩いていって門から出て、タクシーを呼び止めるか親指を立ててヒッチハイクするか、とにかくその手のことをして、そして金輪際ここからおさらばするんだろうと。俺のルームメイトだった「食えヤれ殺せ」男みたいに。ところがまさに次の朝、キャロライナがいつもの席に座っていて、目の輝きっぷりときたら、誰かが吸引器を両目に当てて闇と悲しみをすべて吸い取ったみたいだった。「じゃあ本当のことを話すわ」と彼女は言った。「さてみんな、わたしは結婚前はデンヴァーで売春婦をしてて、マダム・ラファイエットの店で六年近く働いてたの、そのうちテクノロジーとギャングが登場して、クレジットカードとマッサージパーラーに商売をめちゃくちゃにされて、それから結婚して、今は離婚して、ほかに何を言えばいいのか思いつかない。夫とあのビッチについての自分の気持ちに向き合いたいとは思わない。わたしを捨てて逃げていって、家賃とか電話代とか中流の暮らしの請求書とかをごっそりわたしに押しつけてきたことであの二人を憎んでるんだって分かって、今はかなり気分がマシになった。二人はメキシコで暮らしてると思う。病気をいくつももらって惨めな思いをしてるといいけど」。満面の笑み。楽しんでる。二十代の頃はずっと、ピアノやマダムのいるデンヴァーの昔ながらの店で過ごして、ぶらぶら歩き回っては客を冷やかしてたわけだ。

ていうか、まあそんな調子だ。グループセラピーは巨大な謎なんかじゃない。ゴルフボールの内側みたいに、俺たちアル中は嘘でがんじがらめになってるだけだ。夫に騙されて実際どんな気分ですか、みたいに小さなゴム糸に切り込みを入れ始めたら、ボール全体がほどけ出して、ピシピシいいながら部屋じゅうを転がっていく。

さていいか、いいか、いいか。俺たちは正直になるためにここに来てるわけだろ。それは分かってるし、ここ数か月間、ここに舞い戻ってくる前ですら正直にやってきたと思ってるのに、鏡を見ても、そこに「アル中克服した氏」の姿はまだない。肩の上に何かがぼんやり見える。それが誰かは知ってるよな。悪魔が話しかけてきてるんだ。ここにいる全員を殺せって言ってくる。笑いながら。その声がはっきり聞こえるけど、俺はまだまともだ。正気だと思う。そんな声がするなんておかしい、なら原因は何だ？　抗アル中薬で頭が燃え上がってるのか？　俺はイエス・キリストなのかもしれない、ここに来てマジで苦しむのが務めなのかもしれないって思ってしまうのはなぜだ？　そして、みんな俺についてこのことを知ってるからこっちを見てくるんだと思ってしまうのはなぜだ？　ラジオが俺の頭のなかを見抜いてるらしく、ニュースを聴いてるジェリーの事務所の窓を通りかかると俺の思考の最中に会話を始めるのはなぜだ？「サタンよ、俺は誰も殺さないからな」と俺が言うと、ラジオは「大統領令に背きました」と言う。もし俺がイエス・キリストで地獄行きになろうとしてるんなら、さっさとそう言ってもらいたいね。ナントカ先生よ、俺はあんたに訊いてるんだ。俺がイエス・キリストじゃないんなら、この薬をやめさせてくれ。どう見ても俺を間違った方向に突っ走らせてる。

狂ったことを考えずにタバコを一本吸い終えたい。前は何を目標にしてたのかもう覚えてないけど、今の目標は、サタンのどんちゃん騒ぎを始めることなくこのタバコを吸い終えたいってことだ。

まだ俺は俺で、まだここにいて、まだあんたの患者だ。だからどうだってんだ、

8号室のマーク・キャサンドラより

＊

親愛なるキューサ先生、

抗アル中薬をやめてくれてありがとう。一時間経つごとに、地面に足がついていく感じがする。あんたに言われる前に自分で服用をやめるだけのタマがなかったのはなぜなんだろう。自分にとって何がいいのか知ってるのに知らないって感じだ。この四年間。すげえだろ。あの薬をやめてくれてありがとう。世界は救われたよ。

*

親愛なるサタン、

あのときお前だと分からなかったとでも?

三、四分前、ダウンタウンにある酒屋〈ハロルズ〉の表でのこと。ハッピーアワーが終わってすぐ、日が落ちたまさにその瞬間、外に出る。

そこにやつがいる。路地で壁にもたれて、片脚を後ろに曲げて靴の裏を壁にぴったりつけてるやつが。俺たちも昔、タフガイ気取りでそんなポーズを取ってた。
何が望みだ？　と俺は言った。
お前のすべてはもう私のものさ、とそいつは言った。だから何を望んだって同じだろ？
お前は神の使者なのか？　と俺は言った。
いや、もっとひどいやつさ、とそいつは言った。
神の使者よりもひどいもんなんてあるのか？　と俺は言った。

*

親愛なるサタン、

そう、抗アル中薬はやめてもらった。あの薬がお前の最後の切り札だったな。ま、うまくいかなかったわけだ。みんなが思ってるお前は、ストライプのスーツに身を包んで、コンバーティブルのキャデラックに乗り込んで携帯にしゃぶりつき、指から出した炎を舐めつつ破滅の陰謀を練ってる超クールなやつだ。影で糸を引いてるやつ。でも、お前には糸なんかない。俺の心のかぎ針から出てる糸は一本たりとも、お前の邪悪な手にはつながってない。

俺の心のかぎ針がつながってる先は、俺の愛する人たちの心だ。だからオヤジさんよ、俺のキャデラックから出てってくれ。こいつを運転しようなんて、俺たちの誰も思ってないから。こんなこと言うのは女々しい気分だが、こいつを走らせてるのは「俺自身よりも大きな力」ってやつだ。

それなりに信心深いマーク・キャサンドラより

＊

親愛なる兄のジョン、

ジョン、お前に会いに行くよ。まだふつうの刑務所にいるのか？　それともどこかの病棟で涎を垂れっぱなしのまま放置されてるのか？

＊

親愛なるジョン、キャサンドラ家一の変わり者へそうだったそうだった、たまたま書いたとはいえ俺は本気だよ。お前はキャサンドラ家一の変わり者で、親父よりも、刑務所にいるお袋よりもさらに変わり者だ。俺が何回撃たれたって、お前を超えることはできない。差は紙一重だが兄貴よりお前のほうが変わり者だ。

俺は思いつくかぎりみんなに手紙を書いてる。お前と兄貴にも、ここらで少しインクを使うとしよう。兄貴がサツに捕まりませんように。そしてお前はもう捕まってるから、優しく扱われて近々出してもらえますように。俺の心にかぎ針をひっかけた幸運な当選者の一人一人に手紙を書いてる。お前の心臓が脈打つたびに、ほんのかすかにそれが伝わってきて、少しだけ引っ張られるのが分かる。好むと好まざるにかかわらず、それが愛なんだ。馬鹿なばあちゃんへの愛。クスリ漬けの親父への愛。逃走中の兄への、そしてゲイツヴィルの刑務所にいる兄貴とお袋への愛。心に浮かぶ幻像に祝福あれ。テレビで説教師がそう言ってるのを聞いたことがある。太陽と雨の恵みが我らを見つけてくれんことを、ってな。

俺たち全員と縁を切ってしかるべき妹への愛。俺たちときっぱり絶縁すべき妹マリゴールドへの愛。

ジョン、お前とマリゴールドの二人は、麻薬なんかと深く関わりあうべきじゃない。妹は輝かしい女になった。それからお前には、そう、麻薬なんて必要ない。この星で何日かいやな思いをすれば、お前はちゃんと歪んだ人間になれる。お袋ときたら。まったく。家族みんなの歪みの原因になってもお釣りがどっさりもらえるくらいのクスリをお袋は一人で吸い込んだ。俺は小さかったけど、ちゃんと覚えてる。お袋はいつもの青いリクライニングチェアに座って、接着剤を吸い込むかスポンジで固型燃料のアルコールを吸うか、靴下に染み込ませたスプレー塗料をズルズル吸ってた。テレビの内容を分かってなかった。幻覚相手に祈ってた。そして報いを受けた。ジョン、お袋はな、俺からすれば母親って感じじゃなかった。むしろおとぎ話みたいだった。伝説っていうか。お袋はテキサスの刑務所にいる。神話だ。お袋。テキサス。刑務所。俺はついに会いに行ったよ。出生証明書とかをごっそり持っていったから、連中は俺を追い払えなかった。看守が俺を部屋に入れて、ちょっと待っててくれって言うと、二十分後に戻ってきて、「あんたのママはなかにいる」って言う。そうとも、だから今日ここに来たってわけ、記憶にないけど名前は知れ渡ったその人に直接会おうと思って……何も起きなかった。俺は何も感じなかった。ほっとした気分にもなれなかった。お袋はぶよぶよ太ったメキシコ女で、白い囚人服を着てて、部屋を掃除して回ってるみたいな格好だった。白髪交じりの髪に黒い筋が二本入ってた。自殺を考えないよう投薬されて、それが効きすぎてた。お袋は深い満足感に包まれてた。貨物列車の下敷きになったって、ぴくりとも反応しないだろう。お袋のそばにいるとくつろげた。大きな平たい池のほとりにある日陰で休んでるみたいな。親父はもう死んだんだとお袋は思ってた。違うって、父さんは死んでないって！　そうなの？　そうだよ母さん、死んでなんかいない。上の階にいるだけだ。たいてい泣くかテレビを見てる。そう、家ではろくに役に立ったためしはないね、とお袋は言う。別にそれでもいいんじゃないの、あの人はほかに行くあてもないのが困るけど。その辺をうろうろして詩を作るくせに、一度だってそれを書き留めやしない。カリフォルニアはどう？……謎めいてるよ、母さん。輝く霧に包まれてる。それから靄みたいな日の光だろ……なんだかいいところみたいじゃない、でもまあ、わたしには縁がないんだろうね。いいかい、とお袋は言った。息子のあんたたちはいったいどうしてしまったんだい？……どうしたかって？　俺が歩いて口をきくクソ野郎でしかないって気づいてるってこと？　ここでお袋は身を乗り出して、俺の顔をじっと見た。お袋の頭のなかがのたくってるのが目玉を通してはっきり見えた。それからお袋はハッとひらめいた。「ごめんよって言ってもだめなんだろうね」と言った。それを求めて参りました、と俺は言った。

一番上の兄貴は去年の夏のどこかでユカイアに舞い戻ってきた。兄のルーク様はジーンズのポケット越しにケツが見えてたけど、それでもほかのみんなを黙らせてた。通りで出くわしたって誰だか分からなかっただろう。懐中電灯と地図がなきゃ、あのボロボロで病んで性根の曲がった悲しい顔にあるのがルークの目だなんて分かりっこない。戻ってきて昔のガールフレンド相手にひと騒動やらかしたんだけど、彼女のことは知ってたっけ？　スージーっていうんだけど。兄貴いわく、「あいつのスツールに座って、俺の傷ついた心を探し回ってる」んだそうだ。泥のなかで暮らして、全世界をそこに引きずり下ろして泥を味わわせようとしてる。兄貴が世界に分からせようとしてるのは、この世で生きることがつらくなる人間もいるってことだ。上り坂ばっかりで疲れてしまうし、あまりにもうんざりしてくるから、もうサツに身を委ねて刑務所っていう愛しの地へ連れてってもらって、キャスター付きベッドに寝かしてもらいたいって思うようになる。兄貴もここみたいな施設に来て、二つくらい真実の話を聞けたらいいのに。ジョンよ、心に響くものがあるんだ。男も女も、一生つき続けてきた嘘をぜんぶ下ろすんだから最高だよ。背中からドサッと落として、ふうやれやれ、ずいぶん長いことこいつを背負ってたって言う。そして語る内容ときたら。そいつらがいままでやらかしてきたことのクソぶり。血のなかを泳いできたこと。アホな真似、転がり込んできたチャンス、勝利と敗北、焼け落ちた家々、嵐のなかで泣き叫ぶ子供たち、絶体絶命の瞬間のまぐれ当たり。何度も傷つけた人たちに背を向けるとか、誕生日に現行犯で逮捕されるとか、顔に暖かい日の光が当たって目が覚めたときにはもう死んだと思ったとか、雨のなかをヒッチハイクして国を横断して故郷に帰り、父親が息を引き取る直前に大事なことをひとつ伝えるのにどうにか間に合ったとか、間に合わなくて代わりに墓に声をかけたとか。そんな一人、ハワードの話に俺たちはみんな凍りつき、固まったままやつの話を四十五分間ずっと聞いてた。ハワードの話は、最初は単純だった。高校を出て歩兵部隊に入ってみたけど、戦争のない兵役は退屈だった。休暇と週末になれば酒を飲んで過ごした。除隊になり、サンタローザ・コミュニティ・カレッジに通った。ビジネスの学位を取ろうとした。週末になれば酒を飲んだ。ムズムズして、欲求不満だった。ハワードにはその町で警官をしてるダチがいて、そいつがある晩、ちょっと職場体験してみろよって言った。パトカーに乗って二時間したところで、俺はそれまで感じたことのない気分になってくる、とハワードは言う。こいつらが市民にああしろこうしろと言うんだから、俺もやってみるか、ってね。命令を出せば従わせられる、それを自分がどれだけ求めていたかをそのとき知った。サンタローザの警察官研修プログラムに即入って、そしたら俺は警官になって、ガールフレンドが三人できた。一人は黒人で一人はアジア人で一人は白人、パトカーを一晩じゅうのんびり走らせて、ケツを蹴っ飛ばして頭を殴って、世界の頂点にいるって気分だった。勤め始めて一年経つ頃には、気立てがよくて可愛い妻と、生まれて六週間の娘がいた。二年したら麻薬非行課の覆面捜査に回された。バーとかパーティーに皇帝ネロみたいに出入りするのが仕事だった。それをやれるか？　ときた。何言ってんすか、ヒマさえあれば俺が何をしてると思います？　麻薬も買うことになるぞ。おっと、わかりましたよ、ちょっとやってみます。それからなハワード、いいか、任務の一環として目の前にコカインの粉の筋が伸びることもあるし、任務の一環としてそこに頭を突っ込んで吸い込むことにもなるぞ。それも仕事の一部だからな、いいかハワード？　了解っす、仕事の一部っすね、と俺は言って、半年後には、北カリフォルニア最大のコカイン頭で最大の売人、最悪の警官になってる。武装して、一〇一号線沿いの売人やドラッグストアを襲った。ガールフレンドを七人作って、全員に売春させた。気立てがよくて可愛い妻が俺と離婚して娘を連れて出ていっても、気づきもしなかった。当局からは小袋に入ったコカインを買って提出するために月に千ドルもらってたけど、俺のベッドの下にある靴箱には三万ドル、その横には当局の目に触れることのないコカインが三、四キロあった。昼過ぎに起きて外に繰り出し、暴れ回った。男を三人殺した。今でもそいつらが存在しないほうが世の中のためだって思ってるけど、それは俺が決めることじゃないよな？　でも、そのときは決めていいんだって思い込んでた。ほかの人間の命を奪った。自分は神なんだって思ってた。鏡を見てそう言ったんだ——鏡を見て、お前は神だって言った。それは間違ってるってことを神が証明しようと決めたとき、すべてが犬のクソみたいに俺の頭に山ほど降りかかってきた。俺は包囲されて、容疑をこれでもかってほど浴びせられて、そのなかには第二級殺人ってのもあったから、それを山と積まれて一から十までやられた日には、寿命が終わってもあと百年は刑期が残ってるくらいになる。俺が刑務所で横になってると、独房はヤクも血気も魂も俺から吸い出して神に渡し、神はそれを手にぎゅっと握りしめてるわけだ。俺の魂の繊維は一本残らず全能なる真理の手に握られてる。そして何が真理かといえば、俺が今までやったことすべて、考えたことすべて、生きてきた瞬間のすべてはクソであって、それは塵になり、塵は吹き飛ばされるってことなんだ。俺は言ったよ。神よ、クソ食らえだ、俺は祈ることさえしないよって。あんたが疲れるまで俺のはらわたを締め上げてくれ、俺がいま望んでるのはそれだけだ。だって、少なくともそれは現実であって本当のことだし、あんたにも関係のあることだからな。てことは、俺は死んだんだろうな。刑務所で死んだと思う。俺の命は俺の体から出ていって、今あんたたちの前にいるのは誰か別人なんだ。そんなわけで俺は亡霊みたいに裁判制度のなかをさまよって、十年の刑期をもらって出た。一日ずつ務めて七年過ごした。毎日、朝と晩に祈ったけど、祈りの中身はひとつだけだ。主よ、あんたが疲れてくるまで締め上げてくれ。主よ、殺してくれ、あんたに殺されるなら本望だ。ほんの八日前にペリカンベイ刑務所から出てきたところだ。仮出所の条件にリハビリが入ってる。三十六年間この地上にいて、誇れるものは何もない。ひとつだけ、神は俺が次に吸う息よりも俺の近くにいる。俺がこの先必要としたり求めたりするのはそれだけだ。俺ができまかせを言ってると思うんなら、勝手にしろ。俺の話は驚くべき真実なんだ。

俺もだ。俺もそうなんだよ、ジョン。俺の人生ってのは驚くべき真実なんだ。親父が言うだろ。「俺は『後悔の道』に片足を踏み入れて、旅を始めた」

これまでの四年間をざっとまとめると――無一文で、途方に暮れ、リハビリして、テキサスで宿無しになって、三十八口径の銃弾を脇腹に一発喰らい、ユカイアで親父の厚意に甘えてただで食わせてもらい、またリハビリして、車に轢かれ（たぶん轢かれたはずなんだけど思い出せない）、それからまた銃弾を喰らって、今はまたリハビリに挑戦中。あと一回か二回はリハビリを試したり、情けなくも親父のところに厄介になってるかもしれない。同じやつに二回撃たれた。一回目は、そいつの金とコカインを盗もうとして弾が体をかすっただけだったけど、二回目は追跡されて、二十二口径のデリンジャー銃の弾を一発、肩に喰らった。二十二口径で銃身の長いライフルの弾はマジで痛い。もっとでかい口径で撃たれた連中には心から同情する。四十四口径だったら間違いなく、俺みたいにヒョロヒョロなやつは片腕を吹っ飛ばされちまう。一度ならず、俺が目を覚ましてみたら、医療関係の連中に「死んでておかしくないのに」って言われてる。

俺の墓石にはそう書いてもらうよ——

「俺は死んでておかしくない」

神に愛されし弟
キャス

首絞めボブ

Strangler Bob

車に飛び乗り、行き先はどこでもいいからかっ飛ばして、ドッカーンと電柱にぶつかる。それで刑務所送りだ。腕と脚と拳がハチャメチャにこんがらがった塊の下敷きになって、人の目玉に指を突っ込んだり喉をめった切りにしてやろうともがいていたのを覚えているが、施設に来たときにはかすり傷や打ち身ひとつなかった。あっさり抑え込まれたに違いない。その次の月曜日、俺は平和を乱して悪質な悪ふざけをしたかどで有罪を認めて、乗用車窃盗罪と逮捕に対する抵抗からは減刑してもらった。なぜなら——まあ、なぜならそのすべては別の惑星、一九六七年の感謝祭という惑星での出来事だったからだ。俺は十八歳、それまでは大した問題児じゃなかった。俺は四十一日の刑期を言い渡された。

そこは郡の刑務所で、一階部分は収容エリアやら事務所やら何やらになっていて、その上の二階と三階に囚人たちがいた。俺が入れられたのは喧嘩好きの暴れ者やゴロツキどもと同じ二階だった。「ここじゃ、寝坊したら朝飯はかっさらわれるからな」と保安官代理は断言した。消毒薬と、消毒薬によって消されることになっている何かの臭いがしていた。監房はどこも扉が開いたままになっていて、俺たちは好きなように出入りしたり中央エリアで集まったり、階全体をぐるりと回る通路をのんびり歩いたりできた。そのせいで、二十人もの男たちがデニムのズボンと青い作業用シャツとゴム底の布製サンダルという格好でうろつき回り、歩いては立ち止まり、よりかかっては座り、立ち上がってはまた歩き出すということになった。俺たちのほとんどは精神病棟がお似合いだっただろう。精神病棟に入ったことがあるやつも多かった。俺だってそうだ。

監房仲間は俺より年上の四十代後半の男だった。禿げ頭にボウリングのボールみたいに丸い腹で、最終的処遇と判決を待っていた。何をやらかしての判決なんだと訊いてみると、「きわどいこと」をやったという答えが返ってきた。二日目の夜、そいつがドナルド・ダンダンに話しかけているのが聞こえた。ダンダンは俺と同年代で、よく消灯のあとに通路を歩き回り、鉄格子によじ登って監房の扉の前でだらりと宙にぶら下がり、脇柱に体を預けて大の字になったまま、愚にもつかない話をしていた。

「俺の弁護士がもう話をつけたよ」と、俺の監房仲間がダンダンに言っているのが聞こえた。「裁判所に行って二十五年の刑を認める日が決まるのを待ってる。社会保障から給付が出る日に出所になるだろうな」

「訊いてもいいかな」とダンダンは言った。「なんでここに入ってる?」

「かみさんと行き違いがあってな」

「おやおや！　俺のかみさんと話が合うかもな！」ダンダンは猿みたいに踊りながら、俺たちのいる監房から離れていった。彼は三階のアパートの窓から出ていこうとしていたところを捕まっていた。いつか将来、高層ビルで働くために体を鍛えておきたがっていた。

監房棟に響く最後のちょっとした一言や、ドスンという音や咳の音が静かになっていく。下の段の寝床にいた監房仲間は、「お前、みんなにベトナム兵《ディンク》って呼ばれてるやつか?」と訊いてきた。

「別の名前もあるよ」と俺は答えた。上の段の寝床で横になっていて、唇のすぐ先にある金属の壁に話しかけた。

「ここじゃそんなものはないぞ」

「あんたの名前は?」

「首絞めボブ」

しばらくして、俺は寝床の端から、下にある顔をじっくり窺ってみた。いまやフェンシング選手のお面みたいな黒い楕円形でしかないものに向かって暗闇でずっと目を凝らしていたせいで、その顔は沸いてのたくり始めた。

監房の下の階で目立っていたのは、図体のでかい若者だった。金髪をオールバックにした、いたずら小僧っぽい顔だった——赤らんだ頬、ぷっくりした額、楽しそうな青い目。看守たちからはマイケルと呼ばれていたが、本人はチンパンジー《ジョッコ》と名乗っていて、まわりの囚人たちもそう呼んでいた。ジョッコは一日中せっせと動き回って、自分の意見を聞いてくれる相手か、できれば腕相撲をしてくれる相手を探していた。あちこちの郡刑務所に延べ十八回、最短でも一か月は入っていたという。まだ二十一歳にもなっていなかった。今回は〈ハワード・ジョンソン〉の食事スペースで、ある男にしかるべき罰を与えたせいで逮捕されていた。本人に言わせれば、そういうこと向きのレストランじゃなかったそうだ。ジョッコは刑務所の保安官代理や職員全員と顔見知りだった。下の事務所で働いている保安官の妻に何度も言い寄られた、と俺に耳打ちした。その監房棟の王になるような野望も策略も持ち合わせていなかったが、それでも人気者だったし、やつよりひとまわり見劣りする連中がまわりに集まっていた。「コバンザメども」とやつは呼んでいた。

その階で迎えた最初の朝、俺は確かに朝飯に寝坊して、確かに朝飯をさらわれた。そのあとは、その日最初の食事のために問題なく起きられるようになった。食事が出てくる以外に日々の生活で楽しみにすることもないし、刑務所で俺たちは、どんな幼児も顔負けの猛烈な空腹を抱えていたからだ。朝飯にはコーンフレーク、昼飯にはボローニャ・サンドイッチ。晩飯には缶詰のパスタか、運のいい日には缶詰のビーフシチュー。そんなうまい食事にありついたのは、あとにも先にもそのときだけだ。

昼飯のあと、たいていジョッコが仕切り役になって、以下の手順でポーカーのゲームが開かれる。カードを五枚引き、手が出そろったところで、一番高得点の手を持っているやつが、まわりの金属の壁に響くくらいの音でほかの全員の肩を派手に殴る権利を得る。参加する囚人は五、六人だった。そのほかの囚人は殴られる様子を見ることができた。俺は一番離れたところにいた。身長百七十センチ、体重五十四キロ。前に出てきたとおり、俺のあだ名は「ベトナム兵《ディンク》」らしかった――自分で選んだわけじゃない。

どんな名前でも呼ばれていないやつが一人いた。友達はいないうえに、「よう」とも「元気か」とも絶対に口にしないやつだった。何時間も内股で通路を歩き回り、痩せこけた体は心のなかの葛藤でぎゅっとねじれ、目には見えない子どもに連続パンチを食らわすみたいに腰の高さで拳を繰り出しながら、「このボケナス豚野郎、クソったれポリ公が」と小声で言っていて、ときおり「シュォオオゴゴゴドッカーーン！」という爆発的な音響効果を混ぜていた。信号旗みたいな耳、引っ込んだ顎、かなり狭い額、小さな顔全体から突き出ているマジででかい鼻は、よくある形のかぎ鼻だった――謝肉祭の仮面みたいな顔だ。ひとしきり発作を起こしたあとは床に座り込み、壁に打ち込んである鋼鉄の鋲に後頭部を当てて左右にごろごろ動かす。みんなは遠巻きにそれを眺める。ただしじっくりと。

十二月の上旬、俺から見るかぎりでは平凡そのものの、いつものように果てしない天罰としてゆっくりと姿を現わしつつあったある午後、ジョッコは「五十二枚のぼろ儲け！」と金切り声を上げてトランプのカードを宙に放り投げると、中央エリアから自分の監房に消えていった。時が非道なくらい傾き、昼飯からどんどん離れていくのになぜか晩飯にはまったく近づかず、鉄格子は鉄より硬くなって、閉じ込められていることを痛感させられる、そんな瞬間だった。共用エリアと周囲の監房、そして全体をぐるりと巡る通路を合わせても、その階全体はせいぜいバスケットボールのコートくらいの広さで、そこにいる誰でも、その通路を練り歩くなら二百六十歩でスタート地点に戻ってくると知っている。もう一回昼寝するか、テレビにじっと見入る時刻だった。だがその日、うんざりして腹も立っているうえにリーダーが不在になったポーカー軍団は、まわりにいる俺たちに目を向けた。謝肉祭の仮面みたいな顔の狂った名無しの少年を標的に定めるやいなや、一気にことが動き始め、それまでずっとあたりを漂っていたあれこれの材料に火がつくのが分かった。

ポーカーの連中はとっくに二十代になっていたし、三十代も二人いた。重罪で公判待ちか、軽罪の刑期を延々と務めている連中だ。「コバンザメども」とジョッコは呼んでいたが、拳を賭けてトランプをやっている六、七人の男にその日はドナルド・ダンダンも加わり、通路でさらに狂ったゲームをやっていた。そいつらがわざと大声で怒鳴り合いながら周囲の通路を歩き回り、階の一番外側に陣取っていた。監房棟全体を支配しているその一握りの男たちは、例の少年のことばかり話し、テレビを見ながら聞こえないふりをしている彼を殺そうと企んでいた。

「通路に出てこいよ」。だが、少年は出てこようとしない。

「出てこいって――痛いことなんかないから」

首絞めボブと俺は監房にいて、下の段の寝台でやっと並んで座っていた。俺は怖くて動けず、自分の寝台に上がろうという度胸もなかった。

「誰かボタンを押せ！」

「誰がそんなこと言った？」

少年はもう椅子から立ち上がってボタンに向かっていた。「俺が言ったんじゃないよ」

「押すな」とダンダンは言った。

「押さないよ」

「じゃあ押せって言ったのは誰だ？」

電子式タバコ用ライターと、建物のほかの部分につながっていてそこから食事が運ばれてくる騒々しい扉に挟まれたところの通路の壁に、大きな赤いボタンがあった。何かトラブルが発生したとき、そのボタンを押すと、下の階にいる保安官代理たちに警報が伝わるようになっていた。でも、たいていは囚人の誰かが見張っていて、ボタンの横に立って使わせないようにしていた。

その日はダンダンが見張りを買って出ていた。「やめとけ」

「押すつもりはないって言ったろ」

原始人のような髪と引き締まった体つきのダンダンは、怒りっぽい小柄なネアンデルタール人みたいだった。「この状況に向き合ったほうがいいぜ」

少年は中央エリアに戻って腰を下ろした。椅子の座面を両手でつかむと、部屋の隅の張り出し棚に置いてあるテレビを見るふりをした。

ダンダンは少年についていって、椅子のそばに立った。二人で三十秒ほどコマーシャルを見ると、ダンダンが念を押した。「すべては起こるべくして起こるんだ」

「あんた別に悲しそうに見えないけど」と少年は言った。

ジョッコは激怒していた。自分の監房のなかでボーボー燃やされて、生きたまま燃えているような状態で出てきた。二つの細長いダイニングテーブルに飛び乗ってそこに立ち、天井だか天上だかを見上げる姿は、映画スターの見せ場という感じだった。そして、とんでもないエネルギーに体を焼き尽くされて乗っ取られるままにしていた。

その狂った少年を殺すという話がいやだったのか、それとも殺すのに連中が手間取りすぎていると思ったのか、ジョッコは自分の立場をはっきりと示さず、いかにも漠然とした態度表明をした――「もうウンザリだ！」テーブルの上に立ち、両腕を上げると、目には見えない鉄格子をつかんで全力で揺さぶった。マジで図体がでかくて、筋肉も脂肪もしっかりついていて、少なくともいつもは体が風船でできているみたいだったが、そのときは小刻みに震える石から彫り出されたみたいで、ふさふさした金髪の下にある顔はスモモみたいな紫色になっていた。「もうウンザリだ！」ある種の優雅な動きで、ジョッコはテーブルの上から椅子へ、そして床に降りた。凶暴そうな動きであたりを練り歩き、幻覚にすぎない動物たちを次々に叩き潰した。やつの足音が、通路の上で派手に響いた。「もうウンザリだ。ウンザリだ。ウンザリだ」

その大爆発をどうすればいいのか、誰にも分からなかった。何に突き動かされていたにしても、ジョッコがキレたことで結果的にその場は落ち着いた。警備員たちにも聞こえていることを俺たち全員が知っていたからでもある。午後のあいだに、ジョッコはゆっくりと落ち着いていき、翌日には不快でやたらと馴れ馴れしい、いつもの恐ろしいあいつに戻っていた。

一方、名無しの少年に対する陰謀が巡らされていたその午後、ほかの連中は、見るからに人を殺したそうな様子だったのが考え込みつつ混乱した雰囲気になり、暗殺計画のクライマックスといっても、こっそり少年の後ろに忍び寄って輪ゴムで後頭部を狙い撃ちする程度だった。当の少年はテレビの『新婚さんゲーム』に全神経を集中させて身じろぎひとつせず、相手の男たちに満足感を与えまいとしていた。翌朝、少年は朝飯のときに保安官代理たちに呼ばれ、上の階に移された。

そう、輪ゴムは持ち込んでもよかった。本、雑誌、キャンディ、果物——それから誰かが持ってきてくれたらタバコもありだったし、誰も持ち込んでこなかったとしても、二、三日おきにその四人全員に〈プリンス・アルバート〉という粗刻みのタバコの葉と巻き紙一束が郡から支給された——なぜってほら、一九六七年だったからだ。ペットも子供たちも好き勝手に通りをうろうろしていた。きちんとした住民たちがゴミをそこらじゅうに捨てていた。俺たちのように法を破った連中は、監房棟の壁にボルトで留めてあるボタンを押せば、電気の熱線でタバコに火をつけることができた。

ドナルド・ダンダンがタバコの巻き方を教えてくれた。ダンダンはトレーラーパーク育ち、俺は中流階級からグレた身だったが、二人とも長髪だったし、トリップできるクスリにはなんでも手を出していたから、一緒につるんでいた。まだ十九歳なのに、ダンダンの両腕には死ぬ気満々のヘロイン中毒者みたいな血管の跡がすでにびっしりついていた。クリスマスの一週間前に現われたBDという若者もそうだった。俺たちはそいつを「BD」としか知らなかった。「俺の名前は綴れるけど発音できないんだ」というのが彼の言い分だった。俺のほうは、自分につけられた「ディンク」というあだ名の意味が分からなかった。気難しそうな腫れぼったい目をした囚人が通りかかっては俺を見て、「ディンク」と言った。

ダンダンは背が低くて筋肉質、俺は背が低くて細身、BDは刑務所で一番のっぽで、ずんぐりした体が先細りしていった上に、妙に幅の狭い肩があった。ところが頭はかなりでかく、茶色のくせ毛はたてがみみたいだった。ガールフレンドと外に繰り出して、案の定酔っ払っていたBDは、酒場に侵入して盗むことにした。閉店後の真夜中過ぎに、何かの道具を持って屋根に上がり、どこか入れるところはないか調べようとして天窓のガラスを踏み抜き、五メートル下のビリヤード台に顔からまともに落ちた。彼の目を覚まさせてくれたのは警察だった。

転落したわりにはBDはなんともなさそうだった。じきに迎えが来て病院に連れていってもらい、目には見えないところに損傷がないか見てもらうのだろうと思われていたが、そのまま何日も過ぎ、どう見ても彼は忘れられていた。

ダンダンとBDと俺は〈三銃士〉を結成した――どんちゃん騒ぎもなければ向こう見ずな冒険もなく、何時間もとりとめのない会話をして、形の悪いタバコをふかして無気力に身を委ねるだけの三人組だ。

ＢＤにはまだ高校生の弟がいて、サイケデリックな麻薬を同級生たちに売りさばいているという話だった。その弟がＢＤのところに面会に来て、改造自動車《ホットロッド》の専門誌を一冊置いていった。その一ページをサイロビシンに浸しておいた、と弟は言っていたが、おそらくＬＳＤに何かの大型動物用獣医鎮静剤を加えてあるんだろうとＢＤは踏んでいた。ともかく、ＢＤはどこまでも心が広かった。雑誌からそのページを引きちぎり、三等分すると、一切れを俺に、もう一切れをドナルド・ダンダンに渡して、クスリの染み込んだこの紙切れはクリスマスイブのサプライズプレゼントだと言った。俺たちは晩飯を人にくれてやり、空っぽの腹にその紙を放り込んで、旅立ちのときを待った。金髪ででぶのジョッコは俺たちに言った。「おいおい、お前唇が黒いぞ。それにお前も――お前もだ。舌を見せてみろって。何があった？　伝染病にでもかかったか？」

「晩飯をもう三人分もらったんだから別に気にすることないだろ」――ジョッコは自分の食事に加えて俺たち三人分の食事を平らげていた。

ＢＤは百三十キロくらい離れたオスカルーサの出身だった。その町からはかなりの数の無法者が解き放たれてジョンソン郡にたどり着き、しばしばジョンソン郡刑務所に行き着いていた。ＢＤとはそのときが初対面だったが、彼の恋人ヴァイオラ・パーシーとは顔見知りだった。俺たちと同じ町に住んでいて、実際、俺が夏を過ごしたスラム街のアパート地区にいた。二十代後半で、色気があって手に負えない女で、小さいガキが二人いて、福祉局か社会保障局から毎月支給を受けていたが、それもひっくるめてモノにしておくには最高の女だった。ところが、BDいわく天使と悪魔、病気と癒しの二面性があるヴァイオラは、刑務所に面会にも来なければ、彼と話そうとすらしなかった。「ヴァイオラ・パーシーが俺にキレてる事情ってのは」とBDは俺たちに言った。「俺がチャッキー・チャールソンのかみさんとヤッたってことなんだ――でもな」とすぐにBDは言い足した。「それは一度だけだし、それもたまたまだって言っていい。ちょっとチャッキーの家に挨拶しに寄ってみたら、あいつは靴か何かを買いに行ってて、かみさんが退屈でたまらないって具合でウズウズしてて、そのうち俺たちはヤっちまった。それで家から出たら、表に停めた車にチャッキーが乗ってて、ビールを飲みながら〈クール〉をふかしてる。俺のトラックの真後ろに停めてた。俺とジャネットがあいつのベッドで大暴れしてるあいだ、ずっとそこにいたんだろうな。それで、俺がトラックのドアを開けると、さっと中指を立ててきた。しかも泣いてやがる。そりゃ俺だってチャッキーが結婚した相手が色情狂の売女だってのは気の毒に思うけどさ、自分のケツは自分で拭くもんじゃないのか？　てことでドアを閉めて車を出して、それで話は終わりだと思うだろ。ところがどっこい。チャッキーの野郎、ヴァイオラにチクりやがった。信じられるか？　何だよそりゃ！　他人の彼女のところに走ってってギャーギャー泣きわめいたわけだ。品がないし、たちが悪いし、人として器が小さすぎる。当然の結果として、俺とエド・ピーヴィーってやつが……エド・ピーヴィーは知ってるか？」――そいつの名前を聞いたことがあるのは俺だけだった――「オーケー、エド・ピーヴィーの名前を知ってるやつが一人はいるわけだな。ともかく、俺とエド・ピーヴィーの二人でチャッキーの家に行って、こう言った。『おいチャッキー、お前は衝動的なチクり癖があってお墨付きのタマなし野郎なんだとしても、まあ水に流そう。ビールを一ケース持ってきたから、仲良く川のとこまで行って日陰で一緒に飲もうぜ』。そうやってあいつを俺のトラックに乗せて、町を出て旧高速道路を十五キロくらい走ったところで、俺があいつの耳に銃を押し当てて、エドがズボンも下着も靴も靴下もはぎ取って車から放り出して、チャッキーの野郎はTシャツの下から不細工なケツを出して裸足で町まで歩いて帰る羽目になった。でもな……ヴァイオラときたら。ヴァイオラは絶対に俺を許そうとしないし、ヴァイオラは絶対に忘れてもくれない。おい。ここ、雪が降ってんのか？」

そのころには、俺たちが呑み込んだヤクが効き始めているはずだったのに、俺は何も感じなかった。ほかの二人に訊いてみると、ダンダンは首を横に振ったが、ＢＤは輝く二つの鏡みたいな目でじっと俺を見て言った。「俺に分かるのは、ジャネット・チャールソンは生きてる男ならみんな相手にしてくれるってことだ」

「動物も相手にすんのか？」――ダンダンは知りたがった。

「そうだろうな」

「つまり、ジャネット・チャールソンはヤギが相手でもヤるってことか？　雄のヤギにハメさせるのか？」

「そうだろうなって言ってるだろ」。でも、ＢＤは眉をひそめて、しばらく自分の殻に閉じこもった。間違いなく、その性欲旺盛な女ジャネット・チャールソンの体のなかで、自分の力とヤギの力が混じり合ったのかと考え込んでいたんだろう。

ダンダンは一番近くの監房の鉄格子をよじ登り始めた。靴と靴下を脱いでいて、いまや金属の透かし彫りをつま先でつかんでいた。「俺に来てんのと同じ感じがお前にも来てんのか？」とBDが言うと、「いや、運動してるだけだから」とダンダンは答えた。

いつもは空っぽなダンダンの心のなかに、動物の魂が入り込んでいた。左手と左足で鉄格子をつかむと同時に右腕と右脚を宙に伸ばす姿は、まさに動物園のサルだった。

「マジで何も感じないのか？」と俺は訊いてみた。

「自分のはるか昔のルーツに戻ってる感じだ。洞窟に。類人猿に」。ダンダンは俺たち二人のほうに顔を向けた。顔は暗かったが、目玉は爛々と輝いていた。戸口に陣取って、先史時代の記憶に浸っているように思えた。ダンダンは古代の木々を呼び出していた――その枝葉が刑務所の壁の外に伸び、のたくったりすくんだりしながら動きつつ、俺たちを取り囲んでくる。

「ハア！」という笑い声が、近くの通路の床で腕組みをして座っていた俺の監房仲間の首絞めボブから出てきた。ほかのみんなと同じように、首絞めボブも睡眠の作法は心得ていて、十時の消灯から七時の朝飯まで寝るほかに、朝飯の後と晩飯の前に一回ずつ昼寝をしていたが、その年のクリスマスイブには遅くまで起きていて、魂のない死んだ目で俺たちを観察していた。

その間、BDは話し続けていた。「雪がこんなにいろんな色になるのは初めて見たな」

ヤクはページにまんべんなくかかってはいなかった。全部ではないにしてもほとんどがBDの腹に収まっていて、本来そうあるべきだったが悲しくもあった。俺が感じた何がしかの効き目は、首絞めボブの存在感のまわりに凝縮されていくようだった。やつはまた「ハア！」と笑い、俺たちの注目を集めると話し始めた。

「あれは素敵だったな、俺とかみさんの二人きりでな。Tボーンステーキを二枚ばかり炭火焼きにして、輸入物のボジョレーの赤ワインを一本飲んで、それから俺は彼女をちょいと殺したみたいなもんさ」

その実演として、首絞めボブは自分の首のまわりに指を回した。その間、俺たち三銃士は魔法の森で出くわしたものみたいにそいつを見つめていた。

ダンダンは銃声みたいな音を立てて片手で額を叩くと、殺人犯に言った。「自分のかみさんを食ったってのはお前だな！」

「それは間違った尾ひれがついてる」と首絞めボブは言った。「俺はかみさんを食ったわけじゃない。何があったかっていうと、あいつが何羽かニワトリを飼ってて、俺はその一羽を食ったんだ。俺はかみさんの首をひねって、それから晩飯にするニワトリの首もひねって、そのニワトリを茹でて食った」

「ちょっと待て、ミスター・ボブ」とBDは言った。「説明してもらってもいいか。つまりだな、Tボーンステーキと、輸入物の赤ワインを平らげて、それからあんたは、その、かみさんを処刑して、そのあとニワトリを食ったたってことか？　つまり、罪を犯した直後にまた腹が減ったたってのか？」

「検察官みたいな口ぶりだな。あの検察官は加重刑にしようとした。ただのニワトリだろ、ニワトリが何だっていうんだ」。首絞めボブの体は見えなくなっていて、禿げ頭がふわふわ漂っていた――それもただ漂っているんじゃなく、ブーンと低い音を立てて宙を動いていた。やつが言った。「俺は神からお前たちへの伝言を預かってる。遅かれ早かれ、お前たちは三人とも人殺しをすることになる」。やつの体の前に指が現われ、俺たちを順番に指していき――「人殺し。人殺し。人殺し」――最後にダンダンの鼻を指した。「お前が最初だ」

「どうだっていいさ」とダンダンは言った。それは本当だと分かった。どうだっていい、とダンダンは思っていた。

ＢＤは激しく身震いした。強烈な震えが走ったせいで、くせ毛が頭のまわりを舞ったくらいだった。「あんた、マジで神と話ができるのか？」

その言葉を聞いて、俺はブタみたいに鼻を鳴らした。神だなんて話に胸くそが悪くなった。俺は信じちゃいなかった。みんな宇宙の霊性だのヒンドゥーヨガのチャクラだの禅の公案だの、べらべら無駄話をしていた。その間、アジアの赤ん坊たちはナパーム弾でフライにされている。そのときの俺は、どうにかしてその夜を最初からやり直す方法はないか、ただし首絞めボブ抜きで、と願っていた。

俺の願いはすぐに叶った。殺人犯と話して、自分も誰かを殺すことになると予言されたせいで興奮したのか、ダンダンが妙ちきりんなことを言い出した。「ボタンをバンと押そうぜ」

俺が立ち尽くしてその言葉を解読しようとしている一方で、BDはすんなり意味を呑み込んでボタンを守りに行った。

前にも言ったとおり、BDはのっぽで、押してもびくともしない感じだった。ところが、ダンダンは自ら呼び出した先史時代のツタや枝をつかんで雲梯《うんてい》で遊ぶみたいに動いていき、ジャングルの天井からぶら下がったまま、片方の素足の踵で赤いボタンを押した。俺たちは弱々しい音を耳にした――一九三〇年代の映画に出てくるひっそりした建物の奥のほうで、昔ながらの目覚まし時計がチリチリ鳴っているみたいだった。保安官代理が一人やってきて、扉の向こうから「どうなってるんだ?」と呼び、BDは「別に何も」と答えたが、保安官代理のほうは錠を開けるあいだの時間稼ぎに訊いていただけで、それから三人の保安官代理が警棒を持って入ってくると、手当たり次第に近くの頭や体を殴りつけ始めた。殺人犯ボブも三銃士と同じく床に倒れこんで丸くなり、保安官代理たちは腕が疲れてきて職務を果たしたと見ると、「今夜はもうあのボタンには触るなよ」と言い、「そうとも、諸君」と言い、「さもないと誰かに後遺症が残るからな」と言った。

俺たちは恐怖と困惑の状態で、這いつくばって監房に戻った。ところがダンダンは、自分が俺たちの前で暴発させた悪夢にもまったく平然としているらしく、鼻歌を歌ったりスキャットを発したりしながら、指で鉄格子をなぞりながら通路をぶらぶら歩いていた。ダンダンはまともな脳みそを持ち合わせていなかった。

俺は大きく脈打つひとつの塊になった体を引きずっていき、そこが自分の寝台であることを願いつつ上の寝台に上がった。恐怖の宴のあいだ、監房仲間の首絞めボブは消えていた。いまやそいつがここに、下の寝台に等身大の姿でまた出現していた。俺は寝台に上がろうとして彼の膝を踏んでしまったが、何も言われなかった。悪態とか、苦々しい「メリークリスマス」の一言くらいは浴びせられるかと思っていたが、うんともすんとも言わなかった。寝台の端からこっそり様子を窺ってみると、そのうち、下に見える顔はエイリアンみたいなつくりになった。火星人の口、アンドロメダ銀河星人の目が、邪悪な好奇心をもって俺をじっと見つめ返している。そのせいで俺は、体の重さがなくなったような気分で目まいがしていると、その口が、俺のばあさんの声で話しかけてきた。「今すぐには」と首絞めボブは言った。「まだ分からないだろう。若すぎるからな」。ばあさんの声、あの悲嘆に暮れた口調、あの悲しみと諦め。

刑務所には二度と戻るつもりはない。戻るくらいなら首を吊るほうがましだ。

ＢＤもムショ行きについては同じ思いだったに違いない。この一件から十五年ほど経った一九八〇年代初め、やつはフロリダの拘置所で首を吊った。見方を変えれば、ＢＤはそうすることで殺人を犯したわけだから、首絞めボブの予言が当たったわけだ。やつが安らかに眠らんことを。

……ある晩、俺たちはヴァイオラ・パーシーを見かけた。

郡の刑務所と裁判所は、裁判所通り沿いの丘の麓にあって、その丘のてっぺん近く、ダビューク通りと交差する場所にときどき囚人たちの家族や友人たちがやってきて——たいていはガールフレンド、しかも酔っ払ったガールフレンドだが——立っていたり、手を振ったり、歓声を上げたりしていることがあった。監房棟の南東の角、一番端にある窓からその場所がかろうじて見えたからだ。大晦日の夜、俺たちは囚人の一人にその窓に呼ばれ、交代でヴァイオラを眺めた。「俺の魂の伴侶にして心の傷」とBDが呼ぶ彼女が、長いトンネルの奥にあるような街灯の光に照らされて立っている。ゴーゴーダンサーの衣装の上下かビニール製のミニ丈のレインコートみたいな服に、白いヨット帽と、白いハーフブーツ。きらめく小雨でも降っていれば完璧な絵だったただろうが、それでも、静かで遠く、手の届かない悲しみは伝わってきた。そして、それが意味するものはかなり曖昧だった。あの孤独な瞬間に、自分の姿をBDに見せること——それが何の合図なのかは彼の解釈に委ねられていた。俺が刑務所にいたほんの短いあいだ、ヴァイオラは一度もやつのところに面会に来なかった。

そこに入っているあいだ、俺は自問した。この場所は魂の交差点みたいなものなんじゃないか、と。その事実をどう考えればいいのか分からないが、今まで生きてきて、夢のなかやときには現実で、そこにいたのと同じ男たちを何度も見かけてきた——通りで角を曲がったり、通過する列車の窓から眺めていたり、カフェから出ていったりする男にふと目を向ければ、そこに見覚えのある顔があって、そのあと扉の外に消えてしまう——すると、それぞれの人間の宇宙は実は本当に小さくて、せいぜい郡刑務所くらい、一握りの監房程度でしかなく、そこで同じ顔ぶれの囚人たちと繰り返し顔を合わせているんだという気がしてくる。特にBDとダンダンは、ここを出たあとの数年間、何度も俺の前に現われた。あの二人は人間じゃなくて、気まぐれな天使だったんじゃないか。二人が関わった全部の出来事をいちいち話そうとは思わないが、ダンダンについてこれだけは言っておこう。刑務所で俺たちが出会ってから二年後、ダンダンは金髪の社会病質者の巨漢ジョッコと組んで、カンザスシティの悪名高い麻薬王から強盗をやらかした。その最中、ドナルド・ダンダンはボディガードを一人殺した――首絞めボブの予言を成就したわけだ。

さらに、首絞めボブの第二の予言も一〇〇パーセント的中したと言っていいかもしれない。カンザスシティでの強盗の翌日、ダンダンはその犯行現場から五百キロ近く東にある俺の家に現われて、自分のしでかしたことに茫然としながら隠れ家を探していた。追っ手が諦めるのを俺の狭いアパートでひたすら待つあいだ、盗んだヘロインを俺たち二人で打ちまくり、もう安全だと思ってやつが出ていったときには、大量のクスリが俺一人の手元に残されて、翌月にかけて俺は完全にヘロイン中毒になってしまった。その前にも中毒になったことはあったし、そのあとにも中毒になるとはいえ、そこが分かれ目だった。俺の運命は脱線させられた。それ以来ずっと、俺はいつも酔っ払っていて、自分の体をゴミ箱扱いしてこれでもかと薬物を放り込み、二、三年のうちにすべてを失って路上のアル中になり、街から街に流れていって、救済施設で寝泊まりして、無料の炊き出しで食わせてもらい……しょっちゅう自分の血を売ってはワインを買った。ろくでもない仲間たちと汚染された針を使い回したせいで、俺の血は病気になった。そのせいで何人くらい死んだのか、俺にも見当がつかない。俺が死ぬとき、ＢＤとダンダン、俺がせせら笑っていた神の天使どもが犠牲者の数を合計して、俺が自分の血で何人殺したのか教えてくれるだろう。

墓に対する勝利

Triumph over the Grave

ちょうど今、僕はサンフランシスコにある大きなレストランでベーコンエッグを食べている。晴れていて、店内はがやがやと混み合っている——実際どのテーブルも満席なので、僕は部屋の端から端まで伸びるバーカウンターのところにいる。正面の壁には横長の鏡があるから、後ろのレストランの光景が目の前に広がっていて、言ってみれば自分の背中から、咎められることなく人々をじっと見ることができる。その間、まわりからは切れ切れの会話の声や笑い声が雨のように降ってくる。すると、後ろにいる一人の女性が目にとまり——目の前に映っていたのだ——友人たちと一緒にテーブルで朝食を取っている彼女の顔にすごく見覚えがあった……しばらく彼女をこっそり見つめたあとで、オーケー、分かった。ボストンに住んでいる友達の顔にそっくりだ。ロバートの妻のナン。ナン本人だということではない。ボストンにいるナンは自然な赤毛だが、ここにいる女性はブルネットだし、いくらか若い。とはいえ、この女性の口の動きや、話しているときの、まるで指から埃を払おうとするような動きはまさにナンの仕草だ——もしかするとここにいるのは妹か従妹なのかもしれない。ボストンにいるナンはもともとサンフランシスコ出身で家族がここにいるのだから、突拍子もない思いつきというわけではない。

ふと、ナンとロバートに電話をかけてみようかという気になる。二人はまだ僕の携帯電話に入っている（妙な言い方だが）。ちょっとかけてみよう……

オーケー。ロバートに電話をかけてみたところだ。すぐに誰かが出て、ナンの声が「ランディ！」と叫んだ。「いや、ランディじゃないんだ」と言って、僕は名乗った。「電話を切らないと」とナンは言う。「家族が大変なことになってるのよ。ひどい、本当にひどいの、だってロバートが……」。映画のなかのように、彼女は夫の名前を口にするとこらえきれずに泣き出してしまう。映画であればどういう展開になっているかは僕にも分かる。「ロバートは大丈夫なのか？」「違うの！　そうじゃなくて……」。さらにすすり泣きが続く。「ナン、どうしたんだ？　何があったのか教えてくれ」。「今朝心臓発作を起こしたの。心臓が突然止まってしまって。助からなかった。死んでしまったのよ！」その言葉を僕は受け入れられない。なぜそんなことを言うのかと訊ねる。彼女はまた言う。ロバートは死んだのだ、と。「今は話せない」と言う。「あちこちに電話をかけなきゃ。妹にも、サンフランシスコにいる家族にも。ロバートのことを本当に大事に思ってくれていたから。もう切るわね」。そして彼女は電話を切った。

僕は携帯電話をしまうと、その会話の大部分を、この日記のまさにこのページにどうにか書き留めたが、そのうち手がひどく震え出してしまって続けられなくなった。そして想像した。ナンも指を震わせながら自分の携帯電話の画面に触れて、突然の死という信じがたい出来事を、愛する人たちに電話で知らせているのだ。僕は座っているバースツールをくるりと回転させ、食べかけの皿に背を向けると、人混みをぼんやり眺めた。

赤毛のナンにそっくりの、茶色がかった髪の女性がいる。彼女は食べる手を止め、フォークを置いて、ハンドバッグをごそごそと漁り――携帯電話を取り出す。それを耳に当て、「もしもし」……

――僕は朝食を食べ終わる前に店を出て、検査のために友人を連れていった近くの病院に戻った。リンケウィッツという名前をはしょって、みんな彼のことを「リンク」と呼んでいた。僕はもう何週間もリンクの家で彼と暮らし、彼の運転手、面会受付、しばしば介護士の役も務めていた。リンクは死にかけていたが、自分ではそれを認めたがらなかった。衰えて病身で、骨と皮になった彼は、崩れかけてゴミだらけになった自宅の改築計画を一日じゅう僕に語っていた。起き上がるといっても一日にせいぜい一度か二度で、トイレに行くか、電子レンジを使って牛乳とインスタントのオートミールを温めるのがやっとだったし、本のページもろくにめくれず、二十時間ぶっ通しで眠っていることもあったが、かなり先の未来の計画を立てていた。現実を受け止める日もあり、自分の財産分与についてあれこれ決め、葬儀について僕に指示を出し、自分のやった悪ふざけを思い出し、亡くして久しい友人たちのことを口にしたり、後悔していることについて思いをめぐらせ、自分はこの先どうなるのかと考え込んだりした――心臓が止まったあとも、経験というものは何らかの形で続くのかどうか。このところ、リンクが家から出るのはサンフランシスコやサンタローザやペタルーマに車で行き、診察を受けるときだけだった——そこで僕の出番となる。今、彼が放射線技師たちの精密検査を受け、すでに分かっていることを確認しているあいだ僕は待合室で座り、ノートとペンを取り出すと、先ほどのレストランでの一件、間違いなくナンの妹だと思われる女性を見かけたことを手早く書き終えた。一言一句違えず書き留めたのが、先ほどの数段落だ。

書くというのは簡単なことだ。高価な道具は要らないし、どこでも仕事を続けられる。時間を好きに使えるし、パジャマ姿で家のまわりをうろついて、ジャズのレコードを聴いたりコーヒーをすったりしてまた一日を無為に過ごしてもいい。生産性が高い必要はなく、たいていはまったく生産していなくても構わない。強い酒を飲んでもずっと酔っ払わずにいられるなら、間違いなく一日の半分は酒をあおっているだろうし、それでも問題なく書き物は仕上げられる。貧乏な時期はあるし、不安や衝撃的な借金も生じるが、どれもそう長くは続かない。一文無しから金持ちになってまた一文無しに戻るということを、僕は一度ならず経験した。自分の身に起こることをすべて紙に書き留め、うまく形にして、光のなかに投じる。実際、空を流れる雲を撮影して、それを映画と呼ぶのとさして変わらない——とはいっても、雲が降りてきて、それに乗せられてあちこち連れていかれることもあるし、なかにはひどい場所もあり、そうなると何年ももとの場所には戻れない。

僕を有名だと思っている作家たちもいる。ほとんどの作家たちは僕の名前を聞いたこともない。

だが、自分には技術があって、影響を与えられるのだと思うといい気分になる。あるとき、子供たちに幽霊の話を聞かせたら、一人が気を失ったこともある。

さて、ここで君のために物語をひとつ書くとしよう。「僕の右膝の診察」という題にしよう。もうずっと昔、僕が二十歳か二十一歳だったときのことだ。十五歳の誕生日の直後から、右膝に違和感があった——膝を曲げると、ときどき完全に固定されてしまって動かなくなり、ちょうどいい姿勢と動きの組み合わせを見つけてようやく、また関節が動くようになる。何年間もそれを無視しようとしたが悪化する一方なので、大学三年のときに大学病院の専門医に相談に行った。X線検査をしてみると、軟骨組織の断裂が見つかった。整形外科の主任がさらに詳しく診察してくれるということで、僕は緑色の患者衣に紙スリッパという格好で診察室の前の廊下で待っていた。

その廊下はひっそりしていた。ときおり、緑色の服か白衣を着た医療関係者が通りかかる。しばらくすると、廊下の十五メートルほど先で、黒いビジネススーツを着た中年の男が、壁に設置された公衆電話に向かって話し始めた。通話のあいだ、ほとんど僕に背を向けていたが、ある時点で何らかの苛立ちを募らせて振り向いたので、ちょっとした一言が僕の耳に届いた。「俺は昔から動物好きじゃなかったんだよ」

そのとき、僕の待っていた扉が開き、白衣姿の用務員がなかに入るようにと言った。

その用務員のあとについてなかに入ると、そこはこぢんまりした診察室ではなく、明々と照らされた演壇で、前には何百人もの人々が詰めかけた講堂が広がっていた——強烈な光のなか目を凝らして見たかぎりでは医学生たちだった。自分が見世物にされるとは誰からも聞かされていなかった。用務員に手を貸してもらって、演壇の中央、ポートレート写真の撮影に使うようなまぶしいランプの下に置かれた車輪つき寝台に乗り、カレンダーガールのように仰向けのポーズを取らされた。片膝を立てると患者衣の合わせ目が分かれ、片脚がむき出しになった。

そのころの僕は、機会さえあれば娯楽用の麻薬に手を出していて、その一時間ほど前、今回の事態に備えてか、あるいは単にたまたまかもしれないが、大量のLSDを摂取していた。そのせいで膝の痛みによりはっきりと意識が集中すると同時に、痛みそのものは宇宙的に笑えるものとして現われた。圧倒的で果てしない宇宙の生命力、とりわけ黒々と僕を取り囲んで一斉に息を吸い込んではため息をつく、一頭の巨大な化け物のようになった聴衆の生命力を明らかにするものとして。

整形外科の主任が近づいてきた。巨漢といっていいほど大柄な人物なのか、それともその状況で巨漢に見えただけなのか。主任は殺気立った怪物の手で僕の体をつかむと講義を始め、下腿をいじっては関節を撫で、間違いなく僕を食べる準備をしていた。「軟骨の変形によって関節が動かなくなる仕組みが分かりますよ」と主任は言ったが、その状態を作り出すことができず、あれこれ喋りながら膝のところで脚を曲げたり伸ばしたりしていた。その間、〈絶滅という大いなる虚無〉がありえないほどの速さで現実をまるごと呑み込んでいくが、それでも、我々が止めようもなく絶えず現在に生まれ出てくることを僕は眺めていた。

〈整形外科の巨人〉は、片手で僕の太ももを、もう一方の手で足首をつかむと、膝から下をそっと回し、あまり穏やかではない声で、「ちょっといじったほうがいいときもあります」と言った。それでも、膝は固定されなかった。無数の学生たちを前に、彼は僕を偽物呼ばわりした。「ここには治療が必要な症状など皆無です」と言った。そして僕に指を突きつけ、何十億という非難を一度に投げつけてきた。「徴兵を逃れるために医療機関を騙そうとする若者たちがウヨウヨしているんです」

僕からすれば、膝を固定するのは簡単だった。膝が上がるように脚を曲げ、足を右に四十五度回転させればいい。固定されるときに膝が立てる音は、喉を鳴らしてがぶ飲みするようなゴボッという不快な音だった。それは混沌に先立つ深み、善と悪がひとつのものである場所から響いていた。

「ああ……ほら」と、マンモスは同胞たる闇に向かって言った。「これでお分かりでしょう!」つまりは僕を透明人間にして、その直後に爆発させて学生たちを楽しませるつもりだろう。すると、彼は整形外科の専門医なのであって、膝を固定するのに失敗したので僕が主任の代わりにしてやると、今度はそれをどうやって動くようにできるかを学生たちに実演しようとしているのだと分かった。だが、主任はそれもできなかった。はあはあ頑張って、わけの分からないことをあれこれ口走ったあげく、主任はみずからの殻の奥深くに閉じこもると闇に助けを求めて祈った。

その祈りは聞き届けられた。

闇から送られてきた〈固定解除者〉は、愛に溢れた放射物、それから謎の生成、そして光り輝く実在のように見え、ついにはでっぷりした医学生となって現われ、膨らんだスーツケースを無理に閉じようとするときのように僕の膝にどっかり尻を下ろした。またもや〈神のがぶ飲み〉のような巨大な音が響き、僕の骨は元どおりになり、人間の耳では聞き取れないほどの無限の拍手喝采とともに、〈創造〉が一気に開始された。勇者が僕の手を取り、〈すべての者〉の前にさらされ、寝かされて固定されて外された、僕は彼に触れられたおかげで立ち上がり、歩き出すことができた。

また独りになり、静まり返った廊下で腰を下ろした。公衆電話で通話中だった男はまだそこにいて、何事もなかったかのように話を続けていた。彼の魔法の言葉を聞き取ろうと、僕は耳を澄ませた。どんな価値があるかはさておき、ここに彼の言葉をそのまま書いておく。「お前の犬だ。お前の犬だ。自分の犬だろ。自分の犬を俺に預けるなんてバカだったんだよ」

あることについて書いていたら、次の瞬間には別のこと、医学的だったり文学的だったり幽霊じみたことを書いていて、その空白のページに、ダーシー・ミラーという小説家が登場する。ダーシーが書いた本のうち、『どこまでも間違った男』は一九八二年に映画化された――脚本も彼自身の手になるものだ。彼はD・ヘイル・ミラーという名前で本を出していた。ついでながら、この手の半自伝的な物語――フィクションもどきの回想録――においては、実在の人々の名前は伏せるのが慣例だということは僕も分かっているが、ここまで人の名前は伏せずにそのまま書いてきてしまった……病気の友人であるリンクのことを考えたせいで、ダーシーのことが頭に浮かんだのだろうか？　その二人にはかなり似たところがあった。どちらも六十代で独り身になり、諦めてきっぱり自立し、どちらも言わば自分自身のやもめのようにして生きていた。ところが自立の力は下り坂になり、次第に衰えていく――リンクの場合は次第に、ダーシーの場合はもっと急激に起こった。

僕がダーシーと知り合ったのは二〇〇〇年、テキサス州オースティンでのことだ。彼は打ち捨てられた牧場にある古い家に住んでいた。といってもさほど陰気な家ではない。ダーシーがそこに来たのはテキサス大学に四か月間招聘されたからで、その牧場を所有して家と土地を管理していたのも大学だった。おそらく薄給だったとはいえ給料は出ていたし、ともかくも風雨をしのげる家があり、無一文ではなかった。僕はたまたま同じ学期にその大学で創作の授業を担当していて、初春のある日、十人ほどの大学院生を三台の車に乗せてその古い牧場を訪れ、ダーシーを訪問して授業を行なった。オースティンを出て西に向かい、まずは田舎道に入り、そのあとは舗装された道を完全に離れ、何キロも広がる借用地の牧場を二つ過ぎると、かなりの間隔をおいて設置されている一連の門を解錠して開き（数字の組み合わせは紙切れにメモしてもらってあった）、通るとまた閉めて施錠した。走行距離計によればせいぜい五十キロ弱の移動で、地図上では経度を〇・五度西に動いただけだったが、オースティンが気候の変わり目近くに位置するため、このちょっとした旅で、私たちはテキサス州南東部の青々とした土地から、南西部を占める低木の多い半砂漠地帯に入っていった。ある年配のカウボーイがかつて僕に言ったことだが、牛の一群を飢え死にさせたくなければ、そのしみったれた貧相な草地が十エーカー必要になるほどの土地だった。ゴボゴボと水を跳ねかして小川の浅瀬を渡ると、家とその裏の厩舎が目に入ってきて、大昔に防風林として植えられて今では堂々たる大きさになった川沿いのポプラと伸びっぱなしのヤナギの木々の下を抜け、小川の向かい側に停めてあるダーシーの車、かなり乗り古した見た目だけ高級そうなクライスラーをよけていく。まだ家まではそれなりに遠く、車はまるでずっと走ってきてその後目前で力尽きたようにそこに放置されていた。

ダーシー本人にもどこかそんな雰囲気があった。もつれて赤みがかった髪、膨れたような顔つきは、昼寝していたところを誘拐されてきた子供のようだった。目は氷のように青く、きらきらと輝いていて、両頰と鼻の上にかけて、かつては「ジンブロッサム」として知られた毛細血管の破裂痕があった。家のなかは人をもてなすには少し手狭だったので、僕たちは家の裏手、敷石の割れた中庭に集まった。ダーシーは二つの大きなピッチャーから瓶詰め用の古い瓶にアイスティーを注いで僕たちに出してくれて、自分でもそれを飲みながら、最初に出版した小説が刊行の十年後に映画化されてヒットした際の、プロセスというよりはむしろ発作的な進行について語った。まず、プロデューサー陣は主人公の年齢を原作より上に設定し、ジョン・ウェインと契約した。ところが、製作に入って数週間というところでジョン・ウェインは死んだ。そこで——ヤナギの木陰にある無骨な木のテーブルを囲む僕たちに、ダーシーはこう語った――主人公の年齢をもとに戻してリップ・トーンを起用したが、今度はリップ・トーンが逮捕され――逮捕されたのはそれが初めてでもなければ最後でもなかった――そこで登場したカート・ウェルソンという俳優はまさに適役で、その若者の前例のない才能によって映画の成功も間違いなしと思われたが、それで勢いづいた彼は出演料として前例のない金額を要求して譲らず、役を失い、それっきり姿を消した。クリント・イーストウッドが企画を気に入り、二年近く乗り気の姿勢を見せていたものの交渉は行き詰まった。ままよとばかりに、プロデューサー陣はポール・ニューマンに役をオファーするという紛れもない愚行に出た。ニューマンは承諾した。映画は撮影され、編集されて配給され、関係者全員にとって申し分のない結果になった。

それ以来、少なくとも僕の学生たちから見れば、D・ヘイル・ミラーには明らかに大した出来事は起こらなかったが、彼は三十年以上作家として生き延び、ときおり成功を収めた――実現しなかった脚本、書き散らした雑誌記事、『どこまでも間違った男』の後に発表した二作の小説の作者として。小説は三作とも絶版になっていた。

僕たちの訪問中、ダーシーはずっと上機嫌に見え、自制心を失うことはなかった。学生たちの作品について議論するときには寛大さを見せたが、学生たちのこと――二十代半ばの男女のこと――は「君ら子供たち」と呼んでいた。ぶかぶかのラングラーのジーンズ、明るい色のチェック柄の半袖シャツという格好で、ゴム草履の黄色いひもは神話に出てきそうな怖ろしい足に食い込んでいた――足はこぶだらけで血管が浮き、爪はかぎ爪のようだった。その足をじろじろ見るべきではなかったが、僕はこの家に来てかなり早いうちに学生たちの態度が気に食わなくなり、来なければよかったと思い、ダーシーの足のようなどうでもいいものに意識を集中して、まわりにあるすべてを無視しようとした。ぽっかりとしたテキサスの物理的な広大さ、心からやる気を奪う遠くで牛がモーと鳴く声、上で滞空しているヒメコンドル、そのすべて、とりわけテーブルを囲んでしっかり話を聞いて熱意を見せてはいるが、どこまでも見下すような態度の作家の卵たちを。彼らにはダーシーの隠遁は分かっても、打ちのめされても崩れない気高さは見えていなかった。彼は波に転がされ、半死半生で異国の砂浜に打ち上げられ、そして今はアイスティーをすって僕たちが書いてみた短編を講評しつつ、ゆっくりと左の肘の位置を変えて、そこに繰り返しとまってくる一匹の蠅を追い払おうとしている。その訪問がどう終わったのかはよく分からず、オースティンに戻る道中のことも覚えていないが、その夜の遅い時間か、日を改めて夜にビデオレンタル店に立ち寄り、『どこまでも間違った男』を探した。店の在庫には記載されていたが、棚には見当たらなかった。

それが、ダーシー・ミラーとの最初の出会いだった。次に会ったのは五、六週間後、職場でまったく思いがけない伝言をもらってからのことだった。作家のジェラルド・サイズモア、本にはG・H・サイズモアとして載っていて知り合いにはジェリーと呼ばれている作家から、留守番電話に伝言が残っていたのだ。それを聞いてすぐに彼にかけ直すと、挨拶もそこそこに彼は本題に入った。「ちょっとダーシー・ミラーの様子を見てきてほしい。彼のことが心配なんだ」

　ジェラルド・サイズモアとは会ったことがなく、手紙のやりとりもしたことはなかったが、彼が僕を知っているだけでなく、ちょっとした頼みごともできると思っていることは意外ではなかった。その数年前、一九七二年に出版された彼の最初の小説『僕が道に迷ったわけ』の刊行二十周年記念版に僕は序文を寄せ、この小説はいまやアメリカ文学の古典なのだと論じたからだ。ダーシー・ミラーと同じように、サイズモアも本を三冊出したが、もっぱら脚本家として生計を立てていて、それなりに成功していた。彼の手になるかなりの数の脚本のなかには、一九七〇年代初めにダーシー・ミラーと共作したものもある、とそのときサイズモアは僕に教えてくれた。それはピーター・フォンダとシェリー・デュヴァル主演のドタバタ恋愛劇で、撮影はすべて終了したが、完成した映画が日の目を見ることはなかった――組合のストライキで撮影後の作業が進まなくなり、映画スタジオのオーナーが交代し、新しい経営陣は破産を申請した。そのさなかに、主任撮影技師が映画監督の妻とメキシコに駆け落ちしてしまった。それからもいろいろあって、映画はお蔵入りとなった。ジェラルド・サイズモアとダーシー・ミラーが知り合いだというのは初耳だった。彼は自分のことをジェリーと呼んでくれと言いつつ、ダーシーとは二人が二十代のころからの付き合いで、『僕が道に迷ったわけ』の筋立ては、一九六〇年代初頭のサンフランシスコの文学シーンで作家になろうと腕を磨いていたころの若い二人の友情をなぞったものだと語った。何年も糊口をしのいだあと、一九七〇年代にダーシーとジェリーはともに成功を収めた

――本を何冊か出し、映画が一本製作され、お金が入ってきた。それは、まだ作家がいくらか重要な存在だったころ、そして、スポーツ選手と同じように、まだ成功していない者にさえ「明るい未来」がある種の輝きを与えてくれたころだった。僕自身を例にしてみてもいい。十八歳から二十歳にかけて、シカゴとデモインの新聞が僕のことを記事にしてくれた。いつか作家になるだろうからだ――まだ作家でもなく、作家志望だっただけだが、その期待の強さがゆえに中西部各地の婦人クラブに招かれ、自分が書いた二十ページほどの作品を朗読して、会員からの質問に答えた。かつては美人だったこの中西部の中年女性を二、三人、誘惑することだってできたかもしれない（とはいえ、そのころの僕にあったのは魅力ではなくニキビだったが）。一九七二年には、未来の大物作家に誘惑され、あとでその男が名声の階段を登っていくのを見守るのは胸躍る冒険だっただろうからだ。ダーシーとジェリーのほうは、もっぱらカリフォルニア州ハンボルト郡の太平洋岸にあるダーシーの大きな家で、最新の大物作家としての日々を送り、目下は美人である女たちとの胸躍る冒険を楽しんでいた。それは、先ほど書いたように珍しい症例として僕が大学病院で名を上げたころだったに違いない。そのせいで学生時代の記憶が少し前に蘇ってきたのかもしれないし、最近になって親友のリンクの世話をしているという新しい記憶もある。その二つの記憶が合わさって、ダーシーのことを思い出すようになり、そして……だが、そうした思い出の交錯についてはもう書いたわけだから、大騒ぎすることでもない。このまま進んでいこう。ジェリーは旧友のことを心配していた。「あそこがどうなっているかは分からない」と言った。「あの牧場というのか、農場というのか――」

「カンペシーノの土地ですね」

「ということは、ただの土地なのか？」

「テキサスでは、何千エーカーもあって初めて牧場ですよ。二百エーカー程度なら、ただの土地です」

「ダーシーは電話にも出ないし、留守番電話はいっぱいになっている――ビーッと延々と鳴ったあとで切れてしまうから、いっぱいなんだろうと思う――そんな調子で、もう一週間以上あいつの様子が分からない。作家センターの女性が――あれは何という人だったか――」

「ミセス・イクスロイですか――」

「ミセス・イクスロイだ。面白い名前だな。君が二か月前にダーシーと会ったと言っていた。彼は大丈夫そうだったか？」

「お元気そうでしたよ、つまり、彼が今いくつかということを考えると――」

「六十七歳だ。本当のことを言うと、電話に出なくなる前に、こっちに何日か立て続けに電話してきて、兄のことで不満たらたらだった。兄と義理の姉が先月現われて、そのまま居座ってると言うんだ。台所を漁って、彼の酒を飲んで、何かと邪魔してくると」

「ということは、家族が一緒なんですからそれほど心配はいらないのでは――」

「いや。ものすごく心配だ」

「でも、お兄さんがいるわけですから――」

「彼の兄は十年前に死んだ」

はるか昔であれば、そんな瞬間に僕はタバコをくわえて火をつけ、一息吸い込んで、仰天している様子を悟られないようにしただろう――だが、もうタバコはやめていた。

「二人ともこの世にいないんだ。義理の姉も最近亡くなっている」

「それはまた」と僕は言った。

「彼女が死んだのは九五年だ。私は両方の葬儀に出た」

それはまた、と僕はまた言った。

「つまり、ダーシー・ミラーは二人の亡霊と一緒に暮らしている」とジェリーは言った。「本人の言葉を信じるならね」

ちょっと様子を見てきます、と僕は約束した。

それじゃ、と言って電話を切るとすぐ、僕は受話器を置きもせずにダーシーの番号にかけてみた。呼び出し音が何回か鳴ったあと、ビーッという音がいつまでも続き、そして切れてしまった。

そこでようやく受話器をデスクの上の電話に戻した。作家センターにある僕の研究室は、キートン通りの四車線が窓から見えるところにあり、左手にある戸口の向こうには、メスキート材の立派なつくりのテーブルがあり、そのテーブルを囲んで僕たちはゼミの演習をしていた。会議室そのものは本棚が並んだ慎ましい部屋で、かつてはテキサスの作家ベンジャミン・フランクリン・

ブリュワーの書斎だった。古い薄緑色――春の緑――の革のリクライニングチェアが今も置いてあって、ブリュワーはそこに腰かけて本を読み、メモを取り、そしてある日、体を伸ばし、息を引き取った。その建物はかつてはブリュワーの自宅だった。そのとき、金曜日の午後四時ごろ、三つの研究室と（浴槽付きの）バスルームと会議室のある二階にいるのは僕だけだった。ときどき、そうやって独りになって気分が塞いでいるようなときには、そのリクライニングチェアに座り、背もたれを倒す昔ながらの仕掛けを動かしてもたれかかり、ベンジャミン・フランクリン・ブリュワーの最後の息が吐き出されるさまを想像してみようとすることもあった。そうした周囲の環境にも影響され、すぐに出かけてダーシー・ミラーの様子を見に行ったほうがいいだろうと思った。

一階に降りると、門を解錠する数字の組み合わせをセンターの事務補佐の人から教えてもらった――それがミセス・イクスロイ、肉付きがよく勤勉な、人当たりのいい南部出身の年配の未亡人だった。裏のポーチに立ってタバコをふかすのが好きで、建物の裏にある小さな峡谷と渓流をじっと見つめ、まるでそこをちょろちょろと流れる水に思考を運ばれていくに任せているような姿をよく見かけた。彼女を見るといつも、「甘美な悲しみ」という言葉が頭に浮かんだ。

午後四時過ぎに車で出かけた。こんな表現があるとすれば、渋滞の網の目にすぐ絡まってしまい、舗装のない道に入ったときにはゆうに五時を過ぎていた。まだ日の光がたっぷり残っているうちにダーシーの家に着いたように思えたが、帰るときにどうなっているかは心もとなかった。

あとで暗いなか数字の組み合わせに苦戦せずにすむように、僕は門を開けっぱなしにしておいた。カウボーイからすれば恥ずべきマナー違反だが、地平線の端から端まで見渡して、おそらく誰にも気づかれはしないだろうと思った。今回は同乗者もいないので、あたりの様子がよく分かった——家は一軒も見えず、何キロもまっすぐ続く柵と門のほかは、ここで何が起きているのか気にする人、そもそもこの家の存在を知っている人がいると思わせるようなものは何ひとつなかった。何頭かのロングホーン種の去勢牛、それとも雄牛か乳牛なのか、僕には見分けがつかない牛たちのそばを通り過ぎた。ほんの数頭しかいなかったし、それぞれが孤独に重みを支えている一対の角は、「差し渡し二メートルを超えるものもある」と、その牛について僕が見たことのあるどの記事にも書いてあった。まさにそのとおりの角だ。ここ南北アメリカ大陸でロングホーン種の系統をたどれば、コロンブスの二度目の新大陸探検のときに船に載せられた家畜にまで行き着き、もちろんそこからさらに旧大陸にさかのぼり、中東で一万年以上前にばらばらに生息していたところを家畜化された八十頭ほどの野生の牛オーロックス、人間のもとで暮らすすべての牛の祖先に行き着く。一九一七年、テキサス大学は「ビヴォ」という去勢牛を大学のマスコットとして譲り受けた。僕に突き止められたかぎりでは、その名前には何の意味もない。「ビーフ」に由来する呼び名なのかもしれない。二〇〇四年には、その後継者——ビヴォ十四世——がワシントンDCでジョージ・W・ブッシュの大統領就任式に出席している。

四つ目にして最後の門で、僕はアイドリングにしたスバルを背に、錠の前で片膝をついた。まっすぐ伸びる道の先のほうに、ダーシーの家を囲むヤナギやポプラの木々の輪郭が見えた。その目指す先と自分とのあいだにある一キロ近い無人の土地を眺めていると、まるで、そこまでの三十キロあまりの道のりを車で走ってきたのではなく歩いてきたかのように、自分の背後に広がる物理的な距離が十二分に伝わってくるのに圧倒された。数分後、小川が見えてきたところで、猛禽の群れが目に入った——この地方ではヒメコンドルと呼ばれる、腐肉を漁る赤い頭の巨大な鳥が、九羽か十羽か十一羽か、家の上空の気流に乗って旋回していた。僕は車を停めて、その様子を眺めた。本当のことを言えば、そこから先に進むのが怖かった。住人から何日も音沙汰のなかった家が、いまや目の前にある。そこから腐肉の臭いを嗅ぎつけたために、どこでも死を告げるとされる鳥が旋回していて、上昇温暖気流のなかにエチルメルカプタンの臭いはしないか、肉が腐敗するにつれて増殖する一連の合成物の第一の、僕たちの多くには業者が天然ガスに添加して臭いをつけるものとしてなじみのある（そのことはあとで知った）臭いはしないかと探っている。その家の上空を舞うヒメコンドルは、燃え上がる本のページのように重さがないように見えた。ごくゆっくりと下降していくが、それから目に見えるような姿勢の変化も調整もなく上昇していき、下の景色にはもう興味がなくなったかと思えるほどの上空に達すると、ダーシーの車も、家も、黒いアスファルトの屋根板が葺かれた六棟の白漆喰塗りの厩舎も、いつもとまったく変わらないように思えるが、何ひとつ動くものはないようだ。突然、目の前に広がる光景がテーブルの上に置けるくらいの大きさに縮んでしまったような気がした。東のほう、厩舎を越えて何百メートルも先にあるメスキートの絡み合う藪の上を、子供部屋のモビールの影のようにヒメコンドルの影がさっと動いていった。僕はアクセルを踏んで前に進んだ――ミニチュアやおもちゃのなかに入っていくために、今度は自分が縮みながら。

家の扉を叩いているあいだ、上空六メートルから十メートルくらいのところにいるヒメコンドルはどれも反応せずに輪舞を続けていた。家の内部からは物音がしなかった。居間の窓から覗き込み――人の姿はない――もう何度か扉を叩き――何の反応もない――鍵がかかっているかどうか確かめようとドアノブに手を伸ばしたそのとき、扉が開き、ダーシー・ミラーが目の前に立っていた。縦縞の入った白衣を着て、素足だったような記憶があるが、はっきりとは思い出せない。というのも、ダーシーの白衣の前ははだけていて、その下は全裸らしく、僕はどこを見ればいいか分からなかったからだ。そこで、どこも見ないことにした。

ダーシーは挨拶もせずにじっと僕を見つめるだけだった。僕が改めて自己紹介をして、お元気ですかと訊ねると、ようやく口を開いた。「元気そのものだよ」

「ジェリー・サイズモアから、あなたが電話に出ないので様子を見てきてほしいと頼まれまして。ここでどうやって過ごしてました?」

「アレ落書きだ」

「アレ落書き?」

彼はくるりと向きを変えて、その言葉を説明することなく――残念ながら白衣の前を閉じることもなく――ソファに腰を下ろした。僕はその隣に座った。ダーシーの縄張りに入ったところで、いったん彼の顔について描写しておきたいという気持ちになるのは自然なことだ。血走った、氷のような青い目、鼻から頬にかけて漁網のように広がる紫色のしみ――あるいはざらざらした両足、あるいはかつては赤みがかっていたと思われるが今は半透明になっているわずかばかりの髪の毛――だが、さっき述べたように気まずさのせいであれこれ見るのははばかられ、今になって付け加えられるのは、ダーシーが酒臭かったこと、子供のころに大人たちの毛深い洞穴のような鼻の穴から聞こえた呼吸音のような、かすかに甲高い息の音が鼻から聞こえたことくらいだ。ほんのしばらく、ダーシーの鼻が立てるヒューヒューという音だけが家のなかに響いていた……すると彼は言った。「ちょっと紅茶を出そうか。紅茶でもどうかな？」

「まずは」と僕は言った。「あなたの具合はどうなのか、少しお話しできますか？　ジェリーが心配していますし、僕も心配で――」

「何がそんなに心配なんだ？」

僕は途方に暮れた。「その、まずひとつには、このとおりあなたは服をはだけていますし、ナニがですね――丸見えです」

その白衣は金属のスナップボタンで閉められるようになっていた。彼はボタンを二ついじって前を閉じた。「若い女性が来ることになっているのかな」

（ここにきて、僕は彼の両手の甲にかすかなしみがあるのと、わずかに残っている髪が真っ白だということに気がついた。唇は灰色と青が混ざった色で、体が冷えているかのようだった。）

「ジェリーはあなたがここでおかしくなりかけているのではと思っていて」

「おかしくなるというのは？」

「あなたの頭のことです」

「おかしくならないやつがいるか？　紅茶を飲もう」

彼に案内されて短い廊下に入ると、床といえばリノリウムだった時代の台所が左側に、その向かいの右側に「予備の空き部屋」が、突き当たりには主寝室とバスルームがあった。僕たちは台所に行き、ぐらつく合成樹脂のテーブルの前に座った。ダーシーは自分がまともに暮らす能力を判定されていると感じたのか気難しくなり、棚からすべてを出すとリプトンの紅茶をポットに淹れた。訪問者のこと――亡霊のこと――を僕が単刀直入に切り出すと、「いや、亡霊じゃない」と彼は言った。「あの二人だ。生きてるんだ」

「二人とも亡くなって葬られていても？」

「そうだ」

「でもダーシー、それって――おかしいとは思いませんか？」

「そりゃおかしいとも！　こんなおかしいことがあるか。昨日、オヴィッドが外の厩舎のそばを歩いているのを見かけた」とダーシーが言い、僕はすっかり混乱してしまったが、そのうちに、オヴィッドとは彼の兄にちがいないと思い至った。「そして、あの大きなハコヤナギの古い切り株に二人で座って話をした」

「何の話をしたのか訊いても？」

「とりたててどうという話はなかったな。あれやこれやと」

「どうしてここにいるのか説明してほしいとオヴィッドに言いましたか？　死んだはずだろうと言ってみたりは？」

「まさか！　君がそう言われたらどう思う？――おい、あんた死んだはずだろ？ってな」

「分かりませんが」

「それでまともなというか礼儀正しい会話になるか？」

「それは何とも」

「そうだろ」

「ダーシー、最後に健康診断を受けたのはいつです？」

「おいおい。健康診断だと？」

「ここオースティンでかかりつけの医者はいますか？」

「いないな。でもサンフランシスコに看護師がいる」

「看護師？　看護師がいるとはどういうことなんです？」

「俺の彼女だって言ったほうが近いな。でもカリフォルニア・パシフィック病院の看護師なんだ。アメリカ先住民でね。ポモ族のインディアンさ」

「彼女と電話で話していますか?」

「もちろん。彼女はその手のこと、精気の波とか流れとかに詳しい。少なくとも自分ではそう言ってる——精霊とかお化けとか母なる地球の歌とか」

「ということは、この件については彼女に全部話しているんですね——死んだお兄さんと義理のお姉さんが訪ねてきていると」

「そうだ」

「それで彼女は何と?」

「あなたが死にかけてるってことね、だとさ」

それがひとつの可能性であることは僕にも分かった。ただし、病の結果としてではなく、D・ヘイル・ミラーの日々を生きた必然的な帰結として。それは、僕が犯罪的なほど愚かな若者だったときに思い描いていた自分の末路とかなり似ていた。本も映画も色恋沙汰も離婚も過去のものとなった疲れきった作家が、今となってはもう世間に見せるようなものもなく、最後の数年間を引き延ばしている——酒を飲み、悪臭を放ちながら。もちろん、若かったころの僕にとっては想像でしかなかったから、それはロマンティックに思えていた。実際の悪臭はなかった。尿やアルコールの嘔吐物の臭いはなかった。そして、あの調子で突き進んでいたなら、その手の結末を目指していたならもっと早く、せいぜい二十代でたどり着いてしまっただろう。

「あなたの車はずっと放置してあるみたいですが」

「ちゃんと動くよ。でも運転は好きじゃない」

「生活に必要なものはどうやって？」

「いろいろ持ってきてくれるからね。ベスとオヴィッドの二人が。すべて持ってきてくれる」

僕たちは紅茶を飲んだ。まあまあの味だった。ダーシーの両手は赤く腫れていた。肉にはひどく皺が寄っていて、親指以外の四本の指をじっと見ていると、ダンサーの八本の脚にたるんだ肉のストッキングをはかせているように見えてきた。彼の前にあるテーブルの上を行進して跳ね回り、ティーカップとソーサーをあちこちに押し、鮮やかなオレンジと白のテキサス大学の野球帽に飛び乗って格闘しているが、その帽子を彼にかぶせることはない。絶望に向かって飛び込んでいくという肉体的な感覚を強く感じた。目を閉じたなら、とてつもない巨体の野蛮人が、僕の座っている椅子を床の下へ、地下何キロも続く泥の下に引きずり込もうとしているのだと確信しただろう。もし、実際には働いていなかった自分の感覚や意識をコントロールできていたなら、もう午後から夜になろうとしていることに気がつき、照明のスイッチを探し回っていただろう。僕たちは薄暗くなっていく部屋で座っていた。

「ダーシー、ここを訪ねてくるというベスとオヴィッドですが――二人は今どこにいるんです？」

彼の指の一本がテーブルからひらひらと上を向き、手の残りを引きずっていって廊下の向かい側を指した。「見てみろ」と彼は言った――僕はそちらに目を向けながら、その指示に従えば二人の亡霊の顔をまともに見てしまうのではないかと恐怖に襲われたが、彼は「あの部屋のなかだ」と言い足した。予備の空き部屋のことだった。

僕は立ち上がって廊下に出た。何か考えていたなんてふりはするまい。そのときあったのは感覚だけだった。口のなかは銅のような味がして、全身、特に脚に力が入らなくなり、こめかみのあたりと目の奥には唸るような音がしていた。古風な掛け金に手を置いたが、数秒間指を動かすことができなかった。その何年か前、ダーシーが来るずっと前に初めてテキサス大学に来たときにこの空き部屋を見たことを思い出した。その部屋は家の中心にあった。もともとは食糧貯蔵庫のようなところだったのかもしれないが僕は知らない。窓はなく、黄ばんだ白漆喰塗りの板で作られた縦横三・五メートル程度の箱でしかなかった。長年のうちに板の継ぎ目の隙間が指一本ほどにまで開いてしまい、それを塞ぐために発泡ウレタンの断熱材がスプレーで吹きつけられて凝固したせいで、洟が垂れるようなどろどろの細い流れの形になって石灰岩の鍾乳洞を思わせ、正視できないほど醜かったが、サソリが入ってこられないようにはなっていた。そのとき僕を案内してくれたミセス・イクスロイはサソリの話をしていて、発泡の断熱材はサソリが入らないようにするための——つまりはサソリを壁の裏の暗闇に閉じ込めておくための——ものだと教えてくれたが、その話を聞いているあいだ、か弱い心のひびから無数のサソリのイメージが流れ込んで群がり、先端に針のついた毒の袋が節になった尾の先で振られ、忌まわしい触肢の先の鋏角はカスタネットのような音を立てていた。いまや僕は、この家にいるこの男に何か恐ろしいことが本当に起きているに違いないと思い、道中で経験した体が縮むような感覚は（いまだにまったく謎のままではあっても）眠っているときのようにその意味に気づかないまま、どんどん狭まっていく境界線を次々に破っていったせいだと考えた——四つの門のそれぞれ、それから小川、この瞬間も屋根の上空を旋回しているヒメコンドルの群れ、そして最後に家そのものの境界——それらを越えて、この扉の後ろで待つベスとオヴィッドという二人の亡霊に近づいてきたのだ。

僕は扉の掛け金を下げ、扉を大きく開いた。すると、廊下から差す黄昏の光が、シングルサイズの金属のベッド枠と、その上にあるむき出しで灰色の汚いマットレスを照らし出した——部屋にあるのはそれだけだった。半径三十キロにわたって同心円状の嵐のように渦巻くいくつもの力によって、その二つは目には見えない歪みを受けていた。かすかな光が壁に当たっていて、壁板に異状がないことは分かったが、心は異常にかき乱された。醜い塊は砂のように青白く、サソリの外殻のようなプラスチックめいた光沢があり、そのせいで何トンものサソリが壁の裏側で押しつぶされてひび割れからはみ出しているように見えた。怯えた子供のように、僕はさっと扉を閉めた。

ここではっきりさせておくが、僕はサソリも人も、亡霊も見なかった。

台所にいるダーシーのところに戻った。恐怖に忍耐を食い尽くされてしまった。座るときに椅子を手荒に扱った。「誰かが誰かにウソばっかり言ってる」

「二人とも散歩に出てるのかもな」

「そもそも、その二人はどこから現われたんです？　冥界からですか？」

「オクラホマだ」

「それがどうやってここに？　二人の車はどこなんです？」

「どこだろう。厩舎のどれかじゃないか」

「この窓から外が見えますけど、厩舎はどこも空っぽです」

「それかドライブしてるか」

「その二人を最後に見たのはいつなんです？」

「さてな——一時間前かな？」

僕の態度が変わったせいでダーシーは冷静になったのだと思う。たちまち協力的になり、僕の顔をじっと見ては頷いたので、次の月曜日に僕が電話をかけて、なるだけ早く医師に診察してもらうことで話がついた。彼が幻覚と取引していることよりも、その状況を顔色ひとつ変えずに受け入れているということのほうに僕は動揺した。その不気味な落ち着きが主な症状のように思える——加えて、白衣の前を閉じておけないことも——だが、その症状の原因は何なのだろう。

別れを告げる前に家じゅうを回り、明かりをすべてつけた。空き部屋は閉めて暗いままにしておいた。この作業にあたってはもちろんダーシーの許可を先にもらったし、室内が明るくなったことで彼も元気が出たようだった。別れ際に握手したときは、僕の手を固く握り、鞭のように素早く動かした。

左手に日の入りを見つつ、牧草地のなかを車で走って門を次々に抜けていった。その途中、虐殺の現場を通りかかった。五、六羽の赤い頭のヒメコンドルが地面にいて、僕からは見えない小さな死骸を囲んでいた。そうした鳥が一羽、気流に乗ってバランスを取りながら滞空していて、差し渡し二メートル近い翼で重さは二キロ以上ある体をやすやすと浮かせているという、物理的な体が存在しないような姿を見かけるとき、地面から逃れられない我々はおのれを忘れ、その後、突然空に浮かんでそのあとを追っていく。だが、その鳥が地面で我々と一緒にいて、死骸を冒瀆し、やたらと長いチンパンジーの腕のような翼を振っては死骸の上で跳ねて肉を引き裂き、むき出しの赤い頭は低脳な感じで小さいと同時にどこか卑猥ですらあるとなると、それは悲しげではないだろうか？　ところで、家の上空を旋回していた鳥の群れは、僕がそこを出るころにはいなくなっていて、そもそもどうしてそこを鳥が飛んでいたのかは分からずじまいだった。僕が家にいたのはせいぜい一時間ほどだったし、それからあと一時間は日の光が残っていて、オースティンに入る高速道路を走っているときに、ついに夕暮れがやってきて街を暗い紫色に染め上げ、いくつもの光が漂うなか、我々は誰もが幸せなのだろうと考える。

その年、二〇〇〇年に、僕のささやかな家族――母と父、息子と娘、犬と猫――はオースティンで居心地よく冬を過ごしたあと、アイダホにある家に向けて飛行機で北へ飛んでしまい、期末試験期間に一人残された僕は夜をどう過ごしてもよかった。ダーシーの家でその穏やかならざる午後を過ごしたあと、僕は作家センターに車で戻り、駐車すると、暑苦しい南部の夕べのなかを歩いていって、大学の乾いたオアシスたる学部図書館に向かった。三階の壁龕にあるテーブルで、青い装丁の黴臭い『僕が道に迷ったわけ』を開いた。ゲイブ・スミスとダニー・オスグッドという、サンフランシスコに暮らす二人のジャズミュージシャンが、レコーディングスタジオからは離れた生活を送り、芸術家の苦闘という悲しみと栄光にどっぷり浸かった物語だ。

まずは、本の後半に出てくる、五ページにわたってオスグッドと恋人のモーリーンとの口論が書かれている場面を読んだ。会話のなかでの浮き沈み、切り返しや仕返し、格闘する二人の戦略を入念に調べたのはそれが初めてだった。それからかなり経っても、僕は登場人物とともに台詞を暗唱できるが、今でもそれは新鮮に響く。

小説の冒頭に戻り、真夜中になるころにはその本を再読し終えていて、最初に読んだときと変わらない感動を味わっていた――それまでに十回ほど読んでいたが、そのたびに感動した。『僕が道に迷ったわけ』は、単に文章としてお手本にすべき小説というだけではなかった。突き詰めれば、この本、そしてこの本に対する僕の羨望は、ダニー・オスグッドとゲイブ・スミスの友情に凝縮されていた。二等兵と伍長だった二人は、サンフランシスコのプレシディオ陸軍駐屯地にいた第六陸軍楽団で出会い、しばしば無許可離隊してはテンダーロイン地区にある〈ブラックホーク〉や、フィルモア地区にある〈バップシティ〉といったジャズクラブにたむろし（どちらも実在のクラブだ）、そして士官学校を卒業すると、魅力と醜さ、そしてあらゆるたぐいの愛をはらむ民間人の生活を始める。挫折した愛、狂った愛、勝利を収めた愛――そして何より二人の友愛。

ダーシーは大学の保険プランに加入していた。落とし穴や盲点や行き止まり、どんでん返しや裏切りに満ちた保険規約のきわどい迷宮を、暗闇のなか、僕はミセス・イクスロイに一歩ずつ案内してもらってくぐり抜け、彼の家を訪問してから一週間後の金曜日に南オースティン共同診療所でダーシー・ミラーを診察してもらうことになった。その間、ジェリー・サイズモアはかなり長くなりそうな滞在に向けて準備をした。僕がそれまで感じていたメロドラマ的な気分、ぞっとするような恐怖と無力な哀れみは、奇妙に浮かれた気分に変わっていた。正直に言えば、そこから三人の友情が芽生えたりするだろうかと期待していた――自分もそこに加えてもらえるかもしれない、と。馬鹿な話だということは分かっているが、大人になっても男同士の友情を求めているのは僕だけではないはずだ。

その小説のなかで、ゲイブリエルとダニーの二人はおたがいのことを「G」と「D」と呼び合う。ジェリーとダーシーにも同じ習慣があることに、僕はその週に気づいた――ダーシーと一度電話で話したとき、そして、毎晩のように電話をかけてきては今日ダーシーとまた話ができたと知らせてきて、新しい医師に会うのが楽しみだとおしゃべりするジェリーと数回話したときに。

診療所に行く日の朝、僕はダーシーに三回電話をかけてみたが、彼は出なかった。そのたびに、今日が診療予約の日で、午前十時に迎えに行く、という短い伝言を残した。かけるたびに呼び出し音は長くなり、電話を切るたびに、腹の底の重い感覚がほんのわずかずつ恐ろしさを増した。

牧場の道を少し飛ばしすぎたせいで、巻き上げた土埃の嵐が平原を追ってきて、門をひとつひとつ解錠しては施錠する僕を追い越していった。カンペシーノの家の上には、ヒメコンドルは一羽も舞っていなかった。積乱雲がでたらめな形になっているばかりで、午前の空は寝心地のいい大きなベッドのように見えた。車の速度を緩めて小川を渡るとき、ダーシーのクライスラーは、家からは少し遠すぎるいつもの場所にいっそうしっかりと落ち着いているようだった。ワイン色のボンネットとコンバーティブルの屋根には、ハコヤナギの雌の木から綿毛の種が吹き寄せて溜まっていた。

扉をノックしつつ、ドアノブを回してみた。鍵はかかっていなかったので開けてみると、奥のどこかでかすかに叫び声がしたと確かに思ったが、僕が入ったのは大きく虚ろな静寂だった。

「ダーシー」と僕は呼んだ。「ダーシー――いるんですか?」

「いるよ!」と家の奥から声がした。

その声がしたほうへ廊下を進んでいって台所を過ぎ、奥にある――ちゃんとした寝室と呼べる唯一の――部屋に向かうと、この寝室の扉のすぐ内側、木の床の上に、ダーシー・ミラーが横たわっていた。仰向けで頭を廊下のほうに向け、潤んだ青い目には、上下逆さまに見た僕から見て苦々しさのようなものが浮かんでいた。乾いた血の痕が太陽のコロナのように頭のまわりに飛び散って床を覆っていたが、もう出血は止まっているようだった。僕はそばに膝をついた。思いつく言葉といえば悪態だけだったので、それを次々に口にすると、「そのとおりだな」とダーシーは言った。

とりあえず自分が知っている治療法と反応をひととおり試し、脈を取ろうとしたができず――ただしダーシーの胸は上下していたし、喉からは呼吸音がしていた――今日の日付、自分の名前をちゃんと言えることを確認し、僕の手を片方ずつ持って力を込めてもらうと、右手も左手も同じ力で握れることが分かった。そのあと僕はそばを離れ、居間にある電話で救急車を呼んだ。救急隊員とやりとりしてそれぞれの門を解錠する数字の組み合わせを慎重に確かめているあいだ、居間のランプも、頭上の照明も、廊下の照明も――家にある明かりがすべて――ついていて、七日前に僕がつけたときのままになっていることに気がついた。

気が進まないのは恥ずかしさのせいだと自覚しつつ、まだ意識があるダーシーがまっすぐ上を見つめたまま床に横たわっているところに戻った。彼は灰色のジャージのズボンと片方だけのスリッパをはいていて、もう片方は素足で、上半身は裸だったが、ベッドから白衣と上掛けを引っ張って自分の体にかけていた。僕は『僕が道に迷ったわけ』でのゲイブ・スミスとダニー・オスグッドのやりとりを思い出した――今、床に伸びて目をきょろきょろ動かし、まるで数学の問題を解いているかのように天井をじっと見つめているのは、本物のダニー・オスグッドのモデルなのだ。

ゲイブ――「あの爺さん、何歳だっけ?」

ダニー――「あとちょっとで死ぬって歳だな」

僕は台所からバスタオルと布巾を何枚かと、水道水を一リットル入れた鍋を持って廊下に出た。そのあいだずっと悪態をつき続けていたはずで、床で倒れている老人を安心させるようなことはしなかった。言っておくが、胸が痛んだし、たぶん涙も少し流しただろうが、三十分もしないうちにダーシーの命に別状はないことを確信し、居間の窓と廊下のあいだを行き来しながら、平原をガタゴト走ってくる救急車のどこか滑稽な進み具合を彼に知らせていた。赤と白と青のライトが回転し、ピーポーピーポーとサイレンの音がしては、その音がだだっ広い午前の空気のなかに消えていき、ついには短い音でぶつ切りになると、バンが小川の上で急に傾き（僕のスバルにはそれほどこすれなかった）、そして、医療の訓練を受けた一団がそこから孵化すると、台車を押して家に入ってくる――四人だけの一団だったとはいえ、装備と派手な動きがあり、救護と連絡を行ない、車輪付き担架と携帯用除細動器と人工呼吸器と血圧用器具を出し、電極を固定して気道を確保し、使える静脈を探し、そのあいだずっとシンコペーションのような掛け声とささやき声、トランシーバーを持った男の大声が響き、点滴を確認するとダーシーの活発な口に判決を下すように酸素マスクをかぶせる男と女の低い声が聞こえる一方、四人目の技師、小柄で禿げ頭の男は、残念ながら何もしていなかったが、同僚のあいだを行き来して肩越しに覗き込みながら静かに苛立っている――四人はみずから増殖し、増幅した。その間、そばにいる僕がダーシーの電話を使ってジェリー・サイズモアに事情を詳しく説明するうちに、救急車はまた小川を一気に渡り、タイヤから水を跳ね飛ばしながら牧場の道に向かい、僕は顔を平手打ちされたあとのような静寂のなかに一人残された。

僕はそれから四十五分後に病院に到着し――駐車スペースを探して、あやうくその二倍の時間がかかってしまうところだった――目の前の救急治療室の扉が呻き声とため息とドシンという音とともに開き、待合エリアに入った。そのときの僕はダーシーのことしか考えていなかった――僕たちは離ればなれで、保護する者がそばについていないと、彼は廊下か物置部屋か搬入口あたりで待ちぼうけを食らわされてしまうのではないかと心配だったのだ。僕はダーシーを見つけたかったし、今回と似た昔の経験を思い出すような余裕はなかった――だが今になって、パジャマ姿でコーヒーを飲みながらそのときのことを振り返ってみれば、パークランド地域病院の救急治療室の扉は、僕自身の人生の新しい段階に向けて開かれていたのだと分かる。すべての希望が尽きるまで希望を持ち続けられる段階、救急治療室や診療所への訪問が頻繁になり、やがて日常茶飯事になる段階だ。母や父、のちには友人のジョーとの通院、そしてもちろん友人のリンクとの通院、そして最後には僕自身も――検査、書類、面談、診察、機械のなかへの旅。僕が病院に着いたときには、ダーシーはもう引き渡され、それらの一連のこと、おそらくはさらに多くのことを始めていた。僕は控え室で待つことになるものと思っていた。まわりには病人やけが人やその親しい人たちがいて、不可解な書類にかがみ込んでいるか、自分たちの手をじっと見下ろし、少なくとも人生に打ちひしがれてはいなくても、自分たちのドラマがこの無意味な手続き上の砂地獄という形でしか終わってくれないことに打ちひしがれているだろう……ところがそうではなく、ダーシーが検査技師のもとを次々に回っていく合間に、病院のスタッフは覆いの奥にある「外傷室」という広々としたエリアで彼と一緒に待たせてくれた。そこは可動式の白い仕切りによって分けられていて、まわりで呻いていたり泣いていたり、それを力なく慰めたりする人たちの姿は見えないようになっていた。僕にはっきりと聞こえたのは、そうした人たちの声だった。

午前から午後にかけてダーシーはときどき車輪付き担架で連れていかれ、僕は三方を壁に囲まれた個室で、唯一の家具である折りたたみ椅子に座っていた。まわりには、ダーシーが冒険の続きに消えていく前に取り外された装置があった。

何回か連れていかれてはそのたびに戻されたあと、長い待ち時間があった。午後三時から十一時の勤務交代があり、太陽は駐車場を横切り、外はなかば暗くなった。ダーシーは何か冷たいものを口に入れたいと言った。彼の指が思いどおりにならないようなので、カップに入ったピンク色のアイスクリームを少しあげた。誰も来なかった。ダーシーの後頭部は髪を剃られ、その中央部分には二・五センチ四方の白い包帯が貼ってあった。ときおり——三、四分おきに——自分の頭を指しては「ちょこっと縫ってもらった」と言った。脈絡のないことを口にした——まわりの状況とはまったく無関係なことを。「君の顔に雨が当たって素敵な日だな」という一言を、そのまま覚えている。

午後七時ごろにひとりの看護師が現われた。有能そうで、権威と善意をにじませた年配の女性だった。それまでに受けた各種検査について彼女が説明を始めてもダーシーの集中は途切れないらしく、その話を遮った。「俺はどこがおかしいんだ?」

「入院していただくことになります。月曜日に癌の専門医と話をしていただきますが、今のところは——検査結果を直接お伝えするあいだはご友人に席を外していただきたくありませんか」

「別にいてもいい」

「重大な情報をここでご説明することになりますから、もしかしたら——」

「じゃあ説明してくれ。友達はいてくれていい。ここはどうなってる? 俺はどうなってるんだ?」

「両方の肺にある癌が広がって、脳にも腫瘍が見られます。ミラーさん、かなりの数の腫瘍です」

「両方の肺に癌? 何の癌なんだ?」

「ステージ4の肺癌だとはご存じなかったのですか?」

「今は知ってるわけだがな。それから脳の腫瘍って——それも癌か?」

「そうです。肺癌が転移しています。かなり末期の状態です」

「つまり、もうおしまいだと」

「ミラーさん、癌の転移ですから、そういうことですね」

「余命は? ごまかさないでくれよ」

「それについては医師にお訊ねください。月曜日に癌の専門医が——」

「看護師ってのは医者よりよく知ってるものだろ」

彼女は僕を見、そしてまたダーシーを見てから、率直に言った。僕たちに最大限の敬意を払ってのことだろう。「一か月です。せいぜい二、三週間。おそらく一か月もないでしょう」

沈黙のなか、彼女はダーシーの手を握った。数分後、何も言わずに立ち去った。

ダーシーはずっと上を見つめていた。今から見ても、僕がつねづね感じていた彼の泰然自若とした態度には、そんな苦境ではどんな思いがするかという僕の理解をはるかに超えるものがあったと言うべきだろう。その頭のなかにある腫瘍のあいだをどんな考えが転げ回っているのか思いもよらずにいると、彼は僕に向かって顔をしかめて言った。「まあ、そうか……俺も知ってたかもな。初めから終わりまで、ずっとアンディ・ヘッジズだった。アンディ・ヘッジズだ」

「アンディ・ヘッジズって誰なんです?」

彼は胸を風船のように膨らませ、大きくため息をついた。それから――「何だって?」

「アンディ・ヘッジズって誰ですか?」

「さあな」

夜になってからしばらく経って、ダーシーは車輪付き担架に乗せられてエレベーターで個室に連れていかれた。彼は眠ったまま運ばれていった。僕はエレベーターの扉の前までついていった。お大事に、と声をかけても、彼は目を覚まさなかった。扉は閉まり、それから二度と彼に会うことはなかった。翌日の午後遅くにオースティンに着いたジェリー・サイズモアが世話を引き受けた。僕はその日の朝に飛行機でオースティンを発ったから、ジェリーとは入れ違いになった。あれから何年も経つが、まだジェリー・サイズモアと顔を合わせたことはない。

ダーシーは六月十二日に死んだ。パークランド地域病院に収容され、親切そうな顔と誠実な雰囲気の看護師が彼の手を握って余命を告げてから、ちょうど一か月後のことだった。ジェリー・サイズモアが遺産の整理を引き受けたと思うが、あちこち旅行するなかでダーシーは財産を使い果たしていた。今、それから十五年後の北カリフォルニア、リンクが死んだあとも僕がそのまま住んでいるこの家で――僕は疲れきってしまっただけでなく、もう自分の役が板についてしまい、寺院のなかをあちこち運んでいくのが信条になっているし、我らが神の消滅にすぐに慣れねばならない理由もない――ここ、死んだ所有者の霊が取り憑いているのではなくその人生が隅々にまで行き渡っているこの家で、今度は僕が遺品を整理することになった。リンクが集めた石やレンガ、割れた貝殻や道具類、本、医薬品、薪や流木や材木、何十箱もあるオートミール、サプリメント飲料、家の冷蔵庫のひとつにあった少なくとも十八年前の一九九七年にまで遡る冷凍食品、潰れた家電製品や爆発した車、未完成なのか無関係なのか理解不能な文書、そして「部品類」――塊になったナット、ボルト、シャフト、ギア、ベルト、ベアリングなどがすべて錆びつき塵になりかけていた――さらにいわゆる「その他」の記念の品々、小さく壊れやすいが、実際の人との関わりがなくなってしまったのでぞんざいに扱われる箱の数々もあった――男とも女ともつかない暗くこわばった顔の古い鉄板写真、透明なプレキシガラスのキューブに入った松ぼっくり、ビニールの封筒に入ったメダルやバッジ、それから、表面は擦り傷だらけで中身は見えないが、重さがあるのでまだ水が入っていてなかは冬の風景だと分かるスノードーム。それを目にした人は、もう一人も生きてはいない。

リンクの遺品のなかに、かつて妻だったエリザベスに彼が贈るつもりでいたスカーフがあった。黄色いシルクのスカーフが折りたたまれて白い薄紙に包まれ、小さな赤い箱に入っていて、三文字だけ書かれたカードが添えられていた。

リズへ

リズはリンクが心から愛したただ一人の女性だった。体も心も衰えていき、散らかった寝室には危険な薪ストーブのまわりを燃えやすい印刷物が崩れそうなほど山になって取り囲んでいる、そんななか、リンクは幾度となく僕にその話をした……彼がベッドで横になり、片手に携帯電話、もう一方の手には木炭に火をつける燃料の缶を持っている姿を、僕はよく目にした。彼のささやかなトリックとは、長い左脚を伸ばしてつま先をストーブの扉の取っ手に引っかけ、類人猿のように素早い動きでさっと開けると、内部の炎を煽るように燃料を注ぎ込み、小規模な爆発と、それに続く五分間の強烈でまばゆい燃焼を起こすというものだった（血行が悪いせいで、彼は末端冷え性だった）。その間、百五十キロ離れたサンマテオで暮らしているリズに電話して冗談を言い合っていた。彼女とリンクは何十年も前に結婚して別れていた。

日本からの移民の娘であるリズは、六十代になった今でも黒髪の美人で、最近は体の動きがかなりためらいがちで用心深くなり、儀式めいた、探検でもしているような足取りになっていた。いまやアルツハイマーによって記憶も人格も消し去られ、ほんの二秒前には自分がどこへ行こうとしていたのか、どこにいたかも分からなくなっていたからだ。でも、落ち着きと快活さは以前と変わらず、大昔からの知り合いだろうと新顔だろうとみんなを抱きしめ、笑顔で「どうも、はじめまして」と挨拶をした。

リズを慕い、支えていた何十人という親族や友人たち――実際は世界中の人たち――のなかで、彼女が認識できるのはリンクただ一人だった。そして、「今」しかないその世界では、彼女は完璧に彼のことを知り尽くしていた。まるで、特注のキングプラスサイズのウォーターベッドから二人で起きてきたばかりだというかのように――リンクの身長が二百五センチあったことは書いただろうか？　二人は若く美しく、リンクが手がけた多くの事業でお金もある。リズは夫のマルコムのことを知らない。マルコムは退役したアメリカ海軍の艦長で、献身的に彼女の世話をして、毎晩リンクの番号に電話をかけてやる。そして毎晩、リズとリンクは電話で話をして、彼女は愛していると誓い、リンクのほうも頭でも心でも二人の結婚が終わったと一瞬たりとも考えたことはなく、その言葉をしっかりと受け止めてから、自分なりの愛の言葉でそれに応える。前も後も存在せず、夢の世界のように論理を欠いたその世界のただなかで、それを作り上げていたのは、リズの認知症と、リンクの麻酔薬による朦朧とした状態と糖尿病による血糖値の上昇、ときおり起こるインスリンによる精神病、そして血中の毒素（主にアンモニア）が寄せては引くことによって繰り返される譫妄状態だった。

リズはサンマテオの自分の家からめったに出ることはなかったが、マルコムは彼女を北に連れて行ってリンクと面会させることにやぶさかではなかった。彼女はリンクの声が分かっていたし、顔を合わせなくなってもう何年も経つとはいえ、リンクの顔も分かるのではないか。僕たちはそう期待していた。リズに再会できるまで生き延びてみせる、とリンクは僕に誓っていた。もちろん、リズはそうした計画があることなどまったく知らなかった。彼女を移動させるには相当な手間と戦略が――そして時間も――必要になるため、リンクは指折り数えて粘るほかなかった。

四月初旬、一週間以上にわたり、彼がついにベッドから出ることもままならなくなり、二百五センチの巨体をマットレスに斜めに横たえ、胸の上ではオレンジ色の雄猫フリードリッヒが眠っているあいだ、そろって熱帯で発生した三つの嵐が海から上陸して一帯を荒らし回り、その次の四つ目、その季節で最大ではないとはいえ十分に強力な嵐によって、家の裏手にある谷の高さ三十メートルのセコイアの樹冠は激しくかき乱されていた。少なくとも一日に二回は停電し、ストーブのそばの椅子に座っていた僕は読書をやめて、雷鳴の合間にリンクと猫のいびきに耳を傾けていた。

そうした停電の最中の午後三時ごろ、リンクは僕をベッドのそばに呼び寄せると、自分の部屋に連れていってほしいと言った。今いるのがそこだ――君の部屋だよ、と僕は言った。

「見た目は似てる」と彼は言った。「でも、ここは俺の部屋じゃない」

リンク……髪のない頭から僕を見つめる目のほかは亡骸と変わらないように見えたが、頭のなかは生きていた。そして、つねに頭がしっかり働いているわけではなかった。慎重に相手をしなければならない。

「君の部屋はどんな感じなんだ？」

「ここはかなり似てるが、ここじゃない。分かるか？　ここは俺の部屋じゃない」

「つまり……自分の部屋に行きたいと」

僕が分かっていないことに彼は気がついた。まるで僕の思いどおりにならない外国語に翻訳するかのように、彼は一言ずつ口にした。「俺は――自分の――寝室に――入りたい」

「第一に」と僕は言った。「君がどこに行きたいかが分からない。第二に、ここにいるのは僕だけだ。僕一人でどうやって君を立たせたらいい？」

まるで重力がなくなったかのように、彼はすっくと立ち上がると大股で三歩進み、寝室の引き戸に向かった。

「リンク。リンク。どこに行くんだ？」

彼は腕で払うようにしてガラス戸を引くと、屋外の空気が部屋に入り込んできた。彼は雨をぱらぱらと顔に浴びて少しのあいだ立ち尽くし、それから嵐のなかに踏み出した。

不思議に思うかもしれないが、それを止めようとはまったく考えなかった。彼のあとについて、外の暗い午後のなかに出た。彼が体を揺らしながら立っている庭は、三十メートルほどはなだらかな斜面になっていて、そこから一・五キロ以上の急斜面の谷になり、その先に海がある。いやむしろ、下っていく先は海も陸も空も消えてしまった轟々たる断絶だというべきか。少しのあいだ、リンクは自分がつかのま与えられたらしいこの力を見定めている様子で、それから、竹馬に乗った曲芸師のように、遠く離れた両足を動かして歩き始め、吹きつける強風と酔っ払ったような海原、そして稲妻に続く雷鳴という三種類の轟音のなかを進んでいった。セコイアの樹冠がかき乱されていた、と僕は書いたが、それは高くそびえて肩をすくめるような動きに似ていた——嵐のなかのセコイアは諦めて罰せられているように見え、一方でイトスギの木々は正気を失ったように手足を振り回していた。その震える混沌のなか、リンクのすぐ後ろをついていくと、ペルー製の耳当てのついた毛糸の帽子にパジャマのズボンに裸足で、ほつれ気味の長いバスローブの前をはだけて強風にはためかせている彼は、そのままよろめきながら谷を下っていくのではないか、びしょ濡れのイバラや茂み、雷、そして海に抱き止められ、二度と戻ってこない定めなのではないかと思えた。だが、違った。彼はじきに左に傾いて曲がっていき、家の角を回ると、寝室の裏口の前——先ほど出てきた引き戸から対角線上に五メートル離れたところにある戸口の前——で体のバランスを取っていた。せいぜい三十歩か四十歩の移動で、時間は九十秒もかからなかった。雨というよりは風のほうが強かった——リンクは雨を浴びていたがずぶ濡れではなく、ローブを脱ぎ捨てるとベッドに横になり、正しい部屋に連れてきてくれてありがとうと僕に礼を言うと、すぐに死に向かい始めた。

臨終の二時間を迎えるまで、リンクは僕の言っていることが聞こえたし、僕と話ができていた。致死量のモルヒネを与えたほうがいいかと訊くと、それは要らないと彼は言った。自分の苦しみと格闘するほうがいいと言うと、ベッドで上体を起こしたり体を左右に回転させたり、両足を床につけたりかがみこんで体を揺らしたり、体を丸めたかと思えばベッドの上で大きく伸び、西に向かって寝そべり、東に向かって寝そべったが、どの体勢でも数秒と耐えられず——それまでの二か月間、僕が見てきたのを合わせたよりもその日の午後のほうが体を動かしていた——そして何の手助けも求めなかった。リンクの理解するところでは、一万五千キロ離れたインドにいる彼の心の師の教えでは、各々の地上での生を最後の自然な一息まで生きなければならなかった。リンクの場合、その最後の一息は夜の九時ごろ、長く、そっと響くようなため息として出ていった。だがその前、七時ごろに、彼はおよそ一時間ぶりに口をきいた——「リズは来るのか？」と。「八時ごろに来ると思う」と僕は言った。「君はここで何をしてる？」と彼は訊ねた。「ユダヤ教の喪で座ってるのか？」——それが彼の最後の言葉だった。リンクは力尽き、あとは仰向けのまま横たわって排水ポンプのように息をしていて、長い停止と、鼻を鳴らして痙攣するような再開があった。恐ろしい音だったが、それも最初だけで、あとになれば心を落ち着かせてくれる音だった。

その状態になって一時間ほど経ち、ちょうど午後八時になったころ、リズが到着した。夫のマルコムの手を借りて裏口からリンクの寝室に入り、綱渡りでもしているように慎重に、虚空を足で探りつつ歩いてきた。マルコムはそのまま台所を通り抜けて食堂にいる僕のところに来た。リズはベッドのそばに両膝をつき、伸ばした両腕をリンクの胸の上に載せ、マットレスに顔を押しつけていた。

マルコムは物が散らかった食堂のテーブルで僕のそばに座り、寝室からは離れていたが妻が見える角度のところにいた。家の反対側にいて、まわりのいたるところで嵐が鈍く響いていても、リンクの呼吸器系が動いている音が僕たちには聞こえた。激しい風のなか、家も同じく意識を失ってはいるが生きているようで、壁や窓ガラスが震えていた。マルコムは、リンクに一目会ってお別れが言えるようにリズをここに連れてくるために苦労を惜しまなかった。二人が電話で話せるようにしただけでなく、それを後押ししたのと同じように、どこか詩的な勘でもって、正しいことは何か、さらには美しい事実とは何かという耐え難い直感でもってその務めを引き受けたのだ。僕としてはそう考えたい。悲しみも幸せもとうの昔に失われた、丸いさっぱりした顔だった。僕たちは並んで座り、何も言わず、何もしなかった。

四十五分後、マルコムは僕のそばを離れて寝室に入っていった。リズは立ち上がると、「おやすみなさい、リンキー。愛してるわ」と言った。そして振り返ると、二十五年間連れ添った夫を抱きしめ、「どうも、はじめまして」と言い、そして二人で玄関を出ていった。二人の乗った車が発進する音がして、その十分後にリンクは死んだ。嵐は午前三時ごろまで続き、僕はストーブのそばに座っていた。猫のフリードリッヒは稲妻の閃光でくっきりと浮かび上がり、箱や袋や物の上を落ち着きなく歩き回った。すべきことは何もなかった。朝になるまでホスピスの職員や遺体安置所の担当者たちの手をわずらわせたくなかったし、電話をかけるべき人もいなかった。ダーシー・ミラーの最期と同じく、リンクもまた、残った友人は二人だった。

この十五年、僕はジェリー・サイズモアと折に触れてやりとりをしてきたが、彼はダーシー・ミラーの最期の日々について自分からは語ろうとしないし、僕からも水を向けていない。だが、ダーシーが息を引き取るまでの三十一日間、ジェリー・サイズモアが一日も欠かさず、朝から晩までずっとそばにいたことは知っている。

そのことを教えてくれたのは、ミセス・イクスロイだった。僕はそのあとも数年間、客員教授としてオースティンに戻ってくるなかで何度か彼女に会った。ミセス・イクスロイに会うたび、彼女はいつも、ブリュワー・ハウスの裏に立って、特別長いフィルター付きのタバコをくゆらせては峡谷に向かって火花や灰を弾き飛ばしていたが、僕らの会話の最初の話題はダーシー・ミラーの死で、彼女はそのたびに初めて口にするかのように、三十一日間にわたってジェリーが忠実に友人のベッドのそばを離れなかったことを話してくれた。そして、四、五年が経つと、ミセス・イクスロイと顔を合わせることもなくなった。彼女も死んだからだ。そうそう、そして二、三週間前、マリン郡で、ロバートの未亡人になった友人のナンが——この物語の冒頭に出てきた、ナンとの衝撃的な電話での会話を思い出してもらえるだろうか――彼女も病気になって、この世を去った。大したことではない。世界は回り続ける。これを書いているのだから、僕がまだ死んでいないことは明らかだろう。だが、君がこれを読むころにはもう死んでいるかもしれない。

ドッペルゲンガー、ポルターガイスト

Doppelgänger, Poltergeist

昨日、つまり二〇一六年一月八日は、エルヴィス・プレスリーの生誕八十一周年だった。そして二日前、詩人のマーカス・エイハーン（我々はマークと呼んでいる）が一週間前に逮捕あるいは拘束されていたことを私は知った。メンフィスにあるプレスリー家の邸宅グレイスランドで騒ぎを起こしたという容疑だった。実際には、マークが拘留されたのは、エルヴィス・プレスリーの墓を暴いたか、暴こうとしたせいだった。詩人が悪ふざけをした程度ではニュースにはならない。私は共通の友人から教えてもらってマークの一件を知った。そして思い出した。かれこれ四十年近くも悩まされ苦しめられてきた何かの力に、彼はついに呑み込まれたのだ。四十年近くというのは、一九七七年八月二十九日に、まだ少年だったマークが、メンフィスのフォレストヒル墓地にあったプレスリーの最初の墓を数人がかりで暴こうとした事件に加わっていたことを私が知っているからだ――報道ではつねに「猟奇的」と形容されたその出来事のせいで、エルヴィスの亡骸は、母親のグラディス・ラブ・スミス・プレスリーともども安全のためグレイスランドの敷地に移されることになり、いまや母と息子は並んで、それぞれ重さ四百キロの銅の棺に納められている……そしてマークは、私との会話のなかでこう打ち明けてくれた。二〇〇一年一月八日の真夜中過ぎ、三日月のかすかな明かりの下、彼はミシシッピ州テューペロ近郊のプライスヴィル墓地に入り込み、名もなき墓に埋葬されている小型の棺を掘り当て、壊して開けた。棺の中身を奪うつもりだったのだ——エルヴィス・プレスリーの双子の兄弟、死産の赤子ジェシー・ガーロン・プレスリーの亡骸を。

この国に真の詩人の名簿というものがあるなら、マーカス・エイハーンの名前は間違いなくそこにある。初めて彼に出会ったのは一九八四年、コロンビア大学で詩のワークショップを教えていたときのことだ。そのときマークは二十代、私は三十五歳だった。それまでの十年間、私はそうしたワークショップをいくつか担当し、あらゆるたぐいの参加者の詩を熟読してはそれと格闘していた。創作ワークショップにいる大学院生から、州が支援する「学校で詩を書こう」プログラムに参加した小さな子供たち、さらには地域アートセンターの教室では定年退職者も相手にしたし、一度など、連邦刑務所にいる強盗犯や密輸業者やごろつき連中を一年以上教えたこともある。そして毎回のように自問した。私自身の詩は、彼らの詩よりも優れているだろうか？　マーカス・エイハーンが最初に書いた五、六編の詩が、私の問いに対する答えだった。どれも本物だった。どの詩行にも本物の言葉が並んでいた。それを目の当たりにすると、心を支配していた苦悶は和らぎ、自分は詩人になれはしない、詩人たちの教師になれるだけなのだということを受け入れられた。

その心持ちをもたらしてくれたマークは、ツイードのブレザーにだぶついたコーデュロイのズボン、ゆったりしたカーディガンという格好だった。とび色の髪は詩人よろしく嵐のようにぼさぼさだった。彼の顔つきには好感が持てた。髭はきれいに剃っていて人形のようだったし、青く丸い目と赤みがさした頰も人形のようだった。団子鼻と小ぶりな口、しばしば見せる愛嬌のある笑顔。何もかもが魅力にあふれていた。彼が入ってくると教室が温かい雰囲気になるのが分かった。ほかの学生たちはマークの才能に反感を持ってはいないようだった。彼の才能が分かっていなかったのかもしれない。

さて。私はどこでこのことと関わり合うようになったのか？　コロンビア大学のあの教室、ということになるのだろう。えぐれた床板、背の高い窓、はるか頭上にある天井——その空間のせいで音が響きすぎ、少なくとも私の耳には、教室で話し合うことすべてが跳ね返ってきて嘲笑っているように聞こえた。みんなでゼミ用のテーブルを囲み、知的に寛容でたがいを支え合おうとする雰囲気のなかで、人生経験もさまざまな才能ある学生たちが新しい発想をあれこれ探っている一方で、私は退屈し、そして苛立ち、ついには何か低俗で馬鹿なことを聞きたくて仕方がなくなったのだと思う。つまり、教師からの一言を披露するタイミングだった。フランク・シナトラについてのお気に入りのエピソードについて私が語り出したのだろう——一九五六年の民主党全国大会で「アメリカ・ザ・ビューティフル」を歌い終えたシナトラに近づいてきた男がいた。テキサス州の下院議員を二十二期務め、当時は十六年にわたって下院議長でもあった七十四歳のサム・レイバーンが、歌手の腕をつかむと、「『テキサスの黄色いバラ』を歌ってくれないか」と頼んだのだ。「気持ち悪いなジジイ、手を離せよ」とシナトラは返した。おそらくその流れで私は、シナトラが一九五五年のどこかで発したもうひとつの毒舌を思い出したのだろう。彼がエルヴィス・プレスリーのロックンロールを評して「悪臭プンプンの催淫薬」と言ったことを。エルヴィス！――そうして気づけば、私は情熱と記憶のなかでもがき始め、若者たちを相手に、一九五七年のあの夜の出来事を再現していた。小学校三年生だった私は、ほとんどティーンエイジャーで埋め尽くされた映画館で座り、『監獄ロック』でかかるエルヴィス・プレスリーの曲にみんなそろって手拍子を送り、全員がひとつの不気味で幼稚で性的な存在と化して、暗がりのなかのジャングルのリズムのみに支配されていた――「血糊の衝動のみに突き動かされていた」と私は言ったのだろう。そこで話の方向を転換し、自分たちの詩の習作のいくつかの側面に目を向け、詩のリズムの話でもするのが賢明だったのだろうが、破滅衝動の餌食となった私は、堕落して退屈な後年のエルヴィスが一九五七年のエルヴィスとは似ても似つかないことへの困惑について延々とまくしたててしまう。「事情を知らない人間は、彼はドラッグのやりすぎで変わったのだと言う」と私は言ったのだろう。「だが、私に言わせれば、あれはプレスリーのマネージャーをしていたパーカー大佐、あの致命的な凡人中の凡人のせいだ。一九五七年にはもう、エルヴィス・プレスリーという燃え盛る独創的な存在にパーカーは麻痺性の分泌物を注入するようになっていた。一九五八年の初めにはアメリカ陸軍にエルヴィスを引き渡して、完全に動けなくさせてしまった」。

ここで間違いなく、私は口癖になっていた一言でもって締めくくろうとしたはずだ。「アメリカの世紀の根幹を打ち砕いたのは、一九六三年のケネディ暗殺ではない——一九五八年、エルヴィス・プレスリーの陸軍入隊なんだ」——その瞬間、世界はエルヴィスの消滅を目撃した。剃られたもみあげ、輝く金ボタンがついた軍服をまとった彼の写真、『監獄ロック』の細身で炎のくすぶる両性具有者が空手を習い始めたという発表。その変身を焚きつけたのは、「大佐」ことトム・パーカー、「とはいえ大佐などではなく、ただの二等歩兵で、脱走兵で心理異常者としてアメリカ陸軍を除隊させられた男だった」。テーブルに拳を叩きつけているのは私なのか？ 誰かがそうしている。「聞いてくれ！ ここが肝心なんだ！ 我々みんなの心のなかに、トム・パーカー大佐のような毒殺者が潜んでいるんだ」。そのころには私はもう立ち上がり、叫んでいて、おそらく泣いていた——言い忘れていたが、私の結婚生活は迷走中、家計は火の車で、この名門大学で詩の教師として終身雇用してもらえるかどうか危うい状態だが、それは私の下手くそな教え方とも詐欺まがいの詩とも関係なく、学科内の駆け引きがすべてであり、ところがその駆け引きは失敗している——というわけで、私は叫んだり泣いたりしながら、もう放っておいてくれ、今すぐ出ていけ、家に帰れ、と学生たちに告げる——「自分の机の前に座れ。ペンも紙もなしで、言葉すらなしで。心のなかに手を伸ばし、自分のなかにいるパーカー大佐を引きずり出し、口に入れて嚙み砕け。そいつをドロドロの塊に消化して、糞にしてひねり出せ——そうだ、ドカンと出すんだ！——そして、それをページになすりつけてここに持ってこい！」そして、この独白の最初の一言から最後の一言まで、若く才能あるマーカス・エイハーンは私の顔をじっと見つめていたのだろう。人形のような目は輝いていたが、すっかり気持ちが高ぶっていたそのときの私はそれに気づくはずもなかった。

その日、たぶん私はドアを叩きつけるように閉めて教室をあとにし、廊下をふらふらと歩いていってコロンビア大学創作科学科長のオフィスに向かい、本当に人のいい学科長に向かってこう言ったはずだ。「お前なんかクソくらえ。お前の学科もだ。あの学生どもも。あんな連中を励ますなんて犯罪もいいところだ。俺は辞める」。その調子で、さらにあれこれ言った。学科長は実に巧みに対応した。指を組んだ両手をデスクに置いたまま、首を少し傾げて聞いていた。彼は五秒おきに頷いてみせた。エイハーンは本物の詩人だがほかは生まれつきの凡才だとか、この創作科は学問のネズミ講だ、文学の闇商売でしかない……とか何とか私が言っても、それに賛成することも異議を唱えることもしなかった。私の言葉が続かなくなると、彼は咳払いをし、君が耐えている矛盾や疑念についてはよく分かる、勇気をもって率直に言ってもらえてうれしいよ、と言うと、この若者たちを苦境に置き去りにはせず学期の最後まで見届けること、要するにあと三回だけ授業をすることを私に約束させた。我々は握手をした。和やかに別れた。彼はデュッセルドーフという名前だった。誰も買わない本を何冊か書いてきて、今はそれが仕事だ。私は廊下を歩いていって階段を下り、四月の黄昏、マンハッタンのアッパーウエストサイドに出ていくと、通りを歩きつつ、人生で五本の指に入るほど情けない出来事に日没が蓋をしてくれるのを待った。

ところが、蓋は閉まらなかった。頭が全天を押しとどめてしまった。頭がさきほどの場面を繰り返し、それを説明し、否定し、組み立て、修正した。すべて泣き声で。その間、街は甲高い音を立て、脈打っていた。一九八〇年代のマンハッタンには鼓動があった。せっかちで力強いが、傷のような鼓動が。覚えているだろうか？　強制収容所のホームレス。ゲリラの露店。三枚ポーカー。通りにあふれるゴミ。どうやって、この多方面からの攻撃を自分が生き延び、車に殺されることなく通りをいくつも渡ったのか、今となってはもう想像もつかない。マーカス・エイハーンが救ってくれたのかもしれない。彼が交差点の中央で私のそばに寄ってくると腕を取り、「ハリントン先生！──また惨めな授業をやってしまいましたね」と言って、私たちの友情が始まったのはその日だったのかもしれない。

そう、その日だったと考えれば筋は通る。私は当てずっぽうに言っているだけだ。だから何だというのか？　「過去」はなくなってしまった。その残滓はたいてい虚構の産物だ。私たちはここに、ほつれた記憶のパッチワークとともに立ち往生しているにすぎない。君は君の記憶と、私は私の記憶とともに。そして、私の記憶では、それから二十分後には、当時私がよく独りで物思いにふけっていた場所、一〇六丁目がブロードウェイ、そしてすぐにウエストエンド・アヴェニューと交わるところにある小さな緑の三角公園の広場にマーカス・エイハーンと一緒に座っていた。ベンチが二つほどあり、そのまわりには芽吹きつつあるオークの木々、でたらめに歩き回るハト、活発なリスがいたし、大きなヌートリアも数ブロック先にあるハドソン川から移ってきて、アッパーウエストサイドの文化になじみ、いまやリスとして生活していた。ヌートリアたちは後ろ足でまっすぐ立っておねだりし、人間の手から餌をもらっていた。マークと私はテイクアウト用のカップでコーヒーを飲んでいた。「かなり入れ込んでいるんですね」と彼は言った。「エルヴィス・プレスリーに」

「あれは勢いで口から出ただけだよ」

「勢いで出て」と彼は頷いた。「ズボンもはかずに走り回ったと」

「言うべきことがあったからね」

「トム・パーカー大佐についてでしょう」

「大佐がエルヴィスをだめにしたんだ。エルヴィスを濾過して漂白してしまった」

マークは紙コップの蓋を取ると、なかを覗き込みつつ、残った澱に向かって問いを発した。

「コロンビア大学は、教室でのことをちょっとでも気にしていますか？　つまり」――ここで私を見た――「あなたの激情ぶりを」

「癇癪だ」

「あなたの爆発に文句を言ってきたりは？」

確かに、私は狂っていた。分厚い教科書のどこかで診断を待つ身だった。とはいえそのときの私は、教師として学生と話し合うケヴィン・ピーター・ハリントンで、私の内面世界たる奈落から彼を守るのが教師としての務めだった。詩人のニカノール・パラが述べたように、「ほかの奈落から私たちを隔てる」奈落から。

そこで私は「君の書くものは素晴らしいね」とだけ言った。

「僕のなかでは一番大事なことじゃないんです」

そして彼は口をつぐんだ。あからさまな質問をしたい気持ちに私は駆られた――だが、誘導されている気がしたので、かかとで土をえぐるだけで、何が一番大事なことなのかは訊ねなかった。

彼はさらりと話題を変えた。「大佐が致命的だというのはそのとおりですよ」

「致命的だと誰が言った?」

「『致命的な凡人中の凡人』と言っていましたよ」

「そりゃよかった」

「大佐は若いころ、女性を殺害したと疑われていたじゃないですか。致命的ですよ。エルヴィスの生と死についての僕の説とぴったり嚙み合う」

「どうしてエルヴィス・プレスリーにそこまでこだわるんだ? そんな世代じゃないだろう? 君はいくつなんだ?」

「去年の九月で二十四歳になりました」。そして彼は詳しく話してくれた。チャールズ・マーカス・エイハーンは(チャールズという名前はそのときには出ず、あとで知った)、一九五九年九月十日、メリーランド州ポトマック郊外のワシントンに生まれた。父親は肝臓疾患を専門とする医者で、二十年近く国立衛生研究所の副所長を務めていた。母親はスミス・カレッジの卒業生総代で、アマチュアながら一目置かれる書誌学者であり（詩人のマリアン・ムーアとエリザベス・ビショップが専門だった）、動物保護運動家でもあった。マークは公立学校に通い、ポトマック市のウィンストン・チャーチル高校を一九七七年に卒業した。アメリカ人以外の名前がついた学校を私はほかに知らない。マークの両親は祖父母といってもいいくらいの年齢で、温かく見守りつつ秩序を保つという方針で彼を育て、その広場で私たちが会話していたときは、両親はともに実家で暮らしていた。マークは幼少期から十八歳までその家で育ってから、実家を出てウィリアムズ大学に通った。たったひとりのきょうだい、十一歳年上の兄が突然亡くなったことが、子供時代の唯一癒えない傷をもたらした。ランスと呼ばれていた兄のランカスターは、ハーヴァード大学に通い始める前の夏休みに北西部の国有林で働いていて、かなり高い常緑樹の上のほうの枝から落ちたのだ。どうしてそこまで登ったのかとは、私には訊けなかった。もしも何か馬鹿げたこと、酔った勢いの賭けとか、若気の至りの向こう見ずな行動とか、類人猿的衝動だったとか発作だったとしたら？　あるいは、自殺だったら？

「兄のランスは伝説的な若者だったんです」とマークは言った。「投げやりな感じのカリスマ性があって、同年代でも僕みたいな年下でも、みんなすっかり惹きつけられてしまった。僕らがニキビだらけであがいているときでも、ランスはまるで生きるためのリハーサルをしてきたみたいに一瞬一瞬を生きていて、ジーンズとブーツで決めたクールなロックンローラーでした。昔は赤だった古いＭＧロードスターのオープンカーを、夏でも冬でも、雨の日も雪の日もモンゴメリー郡じゅう走らせて、言ってみれば空に道を切り開いていた。女の子の憧れの的でした。兄は選び放題だった。何十人という女の子の処女を奪ったはずだ。喧嘩になればエロール・フリンみたいで、相手は兄を無敵に見せるために雇われてきたのかと思うくらいでした。兄は権威を笑い飛ばしていた――毎年何回も停学処分を食らっていたけれど、気にもしていなかった。父も母も気にしていませんでした。ランスが近くにいると口もきけなくなってしまうくらいでしたからね。両親はヨーロッパの民話に出てくる、茅葺きの小屋に住んでいる木こりの夫婦みたいなものだった。自分たちがある種の魔法の巨人を育ててしまったことを分かっていたんです。冒険と旅、そして彼が勝ち取ることになる王国の数々。ランスの将来を想像するのは本当に楽しかった。校則違反も棚に上げて――校長は彼がハーヴァードに入る手助けをしたんです。それが、死んでしまった」

「お気の毒に」

「手の内は見せましたよ。僕の少年時代の犯罪歴はご存じですか?」

「いいや」

「若気の至りでしでかした過ちは?」

「マーク、君はまだ若いだろう」

「エルヴィスの墓についての件は?」

「何のことだ? 私にはさっぱり分からないんだが」

「七年前、僕は彼の墓を掘り返そうとしたかどで、メンフィスの少年留置場に四日間収容されたんです」

「誰の墓を？」

「エルヴィス・プレスリーです。エルヴィスですよ」

「何だって？」

「手短にお話ししましょうか。エルヴィスが死んだ次の日、僕は長距離バスに乗り込んでメンフィスに向かい、三十一ブロック歩いてグレイスランドまで行きました。雨のなか、彼の死を悼む何千人もの人たちと一緒に外に立っていた。僕は十六歳でした。すると、町の向こう側にあるフォレストヒル墓地に三日前に掘られたエルヴィスの墓を掘り返そうとしている馬鹿どもの一団がいた。僕もついていって、みんなそろって逮捕された。

「結局、何もかもが仕立てられた、宣伝用のスタンドプレーでした。あの地下墓所には誰も入れっこなかった。連中はシャベルの一本も持ってこなかったんです。あとになって、その略奪者どもはプレスリー家の回し者だったという噂も出ました。一家は墓地がどれだけ不用心かを示して、墓をグレイスランドの敷地に移せるようにしたかったんです。グレイスランドでは、遺族は観光客から年間千五百万ドルも巻き上げている。

「僕には何の罪状もありませんでした。家出少年のための寮みたいなところに入っただけです。数日後、検察官はそれ以上の追及を取り下げて、僕は飛行機で家に帰りました。

「なぜこんなことになったかといえば、僕がエルヴィス・プレスリーの死のせいで正気を失っていたからです。説明しますよ。兄のランスはエルヴィス・プレスリーに取り憑かれていて、彼のレコードをすべて持っていた……違うな。もう一回説明させてください。

「僕にはもう一人、やはり死んだ兄がいるんです。

「『双子のいない双子』っていう言葉を知っていますか？　僕の兄は双子のいない双子でした。一卵性双生児の兄弟がいたけど死産だった。

「エルヴィス・プレスリーもそうだった。彼の双子の兄弟のジェシーは死産でした。

「その歴史的偶然のせいかどうか、僕の兄はことエルヴィスとなると人が変わったようになって、イカレてしまい、すっかり取り憑かれてしまった。エルヴィスのレコードを一枚残らず、死ぬときまで几帳面に集めていて――ランスが死ぬときまでということですよ――僕はそのコレクションを受け継ぎ、足していって、彼が死ぬときまで――つまり、エルヴィスが死ぬときまで――完全なものにしていた。最終的に三百八十六枚のレコードになりました――アルバムもシングルもすべて、田舎臭いクリスマスソングとかゴスペルソングも含めて、遡れば『イッツ・オールライト・ママ』まであります。兄が遺言でその半分を譲ってくれたので、僕は引き続き集めました。エルヴィスが死ぬ二日前の時点で、僕のところにはすべてがそろっていたし、全部ジャケットもついていた。コレクターはレコードそのものよりもジャケットを欲しがるものですが――僕はすべて持っていた。

「でも、そこで終わりじゃないんです。エルヴィスが死んだその日──僕の手元にはもう一枚もなかった。

「二十四時間もしないうちに、エルヴィスがバスルームの床で死んでいるところを見つかるというときに、僕は死んだ兄が集めたエルヴィスのレコードをすべて箱に詰めて発送し終えていました。信仰に篤い司祭みたいに、そのコレクションを増やしていって、それが最後になるとは誰も知らない一枚、ビルボードで三十一位止まりの「ウェイ・ダウン」まで入れていた──そこで思ったんです。『この男はすっかり哀れになってしまったし、兄はもう死んでいる。僕には大学の学費が必要なんだ』──そうは言っても、もちろん親は卒業まで学費を出してくれていた。僕はただちょっとした小遣いが欲しかっただけです。それもわざわざ稼ごうとする必要はなかった。何百ドルかは持っていました。その年の夏は造園業者のところで下働きをしたばかりだったから。人生最悪の夏だったし、もうどんな仕事もしたくなくて、食堂でのアルバイトも願い下げだった……全部で十一箱、二十二キロになりました。それを郵便局に持っていって、配達証明と、購入価格の四千ドルの保険つきで送ったんです。代金の小切手は、もうカナダのアルバータから僕宛てに発送済みでした。

「翌朝、僕はテレビのニュースをつけて、前日の夜にエルヴィス・プレスリーが死んだことを知った。心臓を串刺しにされた気分でしたよ、ケヴ──ケヴと呼んでも?」

「誰もケヴとは呼ばないな」

「僕はケヴと呼びたい」

「なら、別にいいが」

「――そして僕の心はポキンと折れて、魂を病んでしまい、メンフィスに行った。そうするか、犬を殺すしかなかった」

彼の話の内容も、語り終えるまでにかかった時間も、私はかなり凝縮している。通りにはもう黄昏の光が下りていた。ハドソン川からの冷たい風が一〇六丁目沿いに吹き、川のような臭気を放っていた。ハトもリスも、ネズミもねぐらに引っ込んでいた。ホームレスの男が一人、もうひとつあるベンチで新聞と毛布をかぶって眠っていて、二人目のホームレスは近くの地面に座り込んで木にもたれ、持ち物をそばにまとめて毛布にくるまり、私たちを睨みつけていた。彼の寝床を横取りしているのは明らかだった。だが、私はマークの話にすっかり引き込まれていた。私はプロンプター――いやむしろ告解の相手――を務めつつ彼に導かれ、古い地図に「ここに怪物あり」と書き込まれた場所に向かっていた。

「犬というのは？」

「兄が飼っていた小さなブルドッグですよ――シンドバッドという名前の。親が引き取ったんです」

「それをどうして殺すなどと――」

「ケヴ、ただの言葉の綾ですよ――そういえば、兄のランスは『監獄ロック』の映画であなたとほとんど同じ経験をしたと言っていましたよ。兄もそのとき、小学校三年生だった。アンソロジー『若手詩人たち』の巻末に載っていた略歴のとおりなら、あなたは三十五歳ですよね？　兄とほとんど同い年だ」

「君の話しぶりに、ちょっとそわそわするべきなのかな？　家族の物語に巻き込まれていくような感じだ」

「いいですよ。好きなだけそわそわしてください」。私が笑うと、マークは言った。「エルヴィス・プレスリーと人殺しの大佐について、兄には自説があった——誰もこの説を相手にしませんでしたが、僕にはちゃんと筋が通っているように思える。証明できると思います。それを証明するのが僕の生きがいなんです」

「それが君にとって一番大事なことだと」

「ええ」

「君の才能や芸術よりも大事なのか」

「そうです」

「スター歌手についての説を追求することが、か。それをどうやって証明する？」

「事実を集めるんですよ」

「それで、どんな説なのかは教えてくれるのかな？」

「またの機会に」

私たちはさよならを言おうと立ち上がった。ベンチの持ち主は自分のベンチに陣取り、コップを差し出して施しを求めていた。私はちょっと恵んでやろうと近づいて、代わりに騒ぎを起こしてしまった。その哀れな男は、悪意ある卑猥な言葉をものすごい勢いで私に投げつけた。黴菌だらけの二十五セント硬貨二枚を、彼が買ったばかりのコーヒーが入ったコップに入れてしまったのだ。さて、どうなる？　あのときは一寸先は闇だった――マンハッタンにいつ向こう脛を蹴られてとどめを刺されてもおかしくなかった。マーク・エイハーンが傍らに現われて、五ドル札で私を窮地から救い出してくれた。私たちはおやすみを言って別れた。

＊

その学期の残り三回の授業が終わるたびに、マークと私は早めの夕食を一緒に取った。その次に顔を合わせたのは一九九〇年になってからだった。それまでの六年間、マークと知り合ってまもない時期は和やかなやりとりをしていたが、それとはまったく別に、マーカス・エイハーンの詩は私にとってなくてはならないものになっていた。年に二、三回、彼に電話をかけて詩がどこに掲載されたのか教えてもらい、彼の優しげな声を耳にしては、詩を送ってほしいと頼んだ。マークは折に触れて詩をいくつか送ってくれて、あるときは出版前の原稿をくれた。自作の曲を歌っているカセットテープが届いたこともある。伴奏はなく、エルヴィスにかなり似た声にはエコーがかかっていた。どこで録音したのだろう？　ゴミ箱のなかだろうか？　彼は最初の二冊の詩集を刊行し、賞を二つもらい、独身のまま住まいを頻繁に変え、実入りのいい客員教授のポストを転々としていた。最高の作家を迎え入れて金言を少しばかり絞り取ってから送り出したあとで、終身雇用の可能性があるポストでまた誰かを釣り上げようとする大学の創作科で、現代の一流作家が得られるような地位だ。それが旅する教授マークだったし、今もそれは変わらない。詩人としてのマーカス・エイハーンについても同じようなものだ。彼は独自の軌道を描くことで名声をかちえ、その美学的な領域で一人旅を続けていた。読者は次第に少なくなり、先細りしていたとはいえ、詩の愛読者のあいだでは、彼は一流の仲間入りをしていた。重要な詩人だった。

だが、それは彼にとって一番大事なことではなかった。

マークの兄ランス、双子のいない双子は、エルヴィス・プレスリー、これまた双子のいない双子によるレコードをすべてマークに遺贈していた。その贈り物の深い個人的な重みに気づかず、マークはそれを手放してしまった――いや、もっとひどいことに、お金のために売り払ったのだ。その後の歳月で罪悪感に苛まれるなか、マークのエルヴィスに対する強迫観念は兄よりもいっそう激しく燃え盛り、ロックンロールの帝王に対して兄が抱いていた関心の特定の糸に絞られていった――兄の唱えた説あるいは仮説とは、一九七七年八月十六日の午後にバスルームの床で死亡しているのが見つかったエルヴィス・プレスリー、二十年近くグレイスランドに住んでいたエルヴィス・プレスリーとは、実はエルヴィス・プレスリーではなかったというものだった。一九五七年の春、トム・パーカー大佐が手を回し、帝王エルヴィスが姿を消し――故意の殺人、暗殺と言うべきだろう――それに取って代わったのは裏切り者のエルヴィス、すなわち双子の兄弟ジェシー・ガーロン・プレスリーだった。ジェシーは死産であると思われていたがそれは誤りであり、エイハーンが私に語ったところによれば、「ずっとメンフィスで生きていた」のだという。「出産の晩に赤ん坊を盗んでいった悪魔の助産婦サラ・ジェーン・レステルが彼の養母だったんです」

「すべての詳細について法にかなうような証拠があるわけじゃありません。でも驚かないでください」とある朝、私と電話で話していて、図らずも熱意に火がついた彼は言った。図らずも、というのは、そもそも彼が電話してきた用件は、私の家からほんの数キロ離れた丸太小屋に滞在しているので朝食を一緒にどうかと誘うためだったからだ――だが、私が車で行って直接耳を傾けるまで十分も待つことができず、彼は話し続けていた――「というのも、昨日の郵便で、エルヴィスの兄弟と養母が実在したという動かぬ証拠が届いたんですよ。ケヴ、まさに目の前のキッチンテーブルの上にその文書がある」。それを聞いた私は、ケープコッドの冬景色のなか、降ったりやんだりする雪に苦戦しつつ、ヒッチコック映画の登場人物のように車を飛ばしていった。たどり着いてみれば、彼が喉をかっ切られて倒れていて、動かぬ証拠だというその文書は跡形もなく消えているかもしれなかった。

そのころ、私はウェルフリートに住んでいた。一七九五年に建てられたむやみに広い木造の古い家を、妻のアン・ヘイズが相続したのだ。マークがいたのはスローカム・ポンドで、シーズンオフにはひと気がなくなる地区の、たぶん池のほとりに町ができた当初の丸太小屋を借りていた。十九世紀初頭の建物で、天井はかなり低く、隙間風が吹いて床板が軋むのはアンと私の家と変わらなかったが、家は小さく、葉を落としたオークの木々に囲まれているせいで、いっそう悲しげだった。だが、エイハーンはコーヒーを淹れてその家の雰囲気を和らげていた。

あれから六年が経っていたが、彼は変わっていないように見えた。あのときと同じツイードのジャケットを着ていたと思う。狭苦しいキッチンで、彼は私の両肩に手を置いてじっと見つめながら、「僕の言葉はどこです？」と言った。私は歓迎の挨拶と受け取った。マークは手に入れたばかりの文書のことですっかり興奮していたが、犬の散歩が先だった。キッチンテーブルの上のよく見えるところに証拠品が置いてあったが、マークと私は襟を立てて犬の散歩に出た。シンドバッド二世は皺だらけのピットブルで、科学者ばりの綿密さでもって池の周囲をくまなく調べ上げ、しょっちゅう立ち止まっては身震いするも、一向に用を足してはくれなかった。地元の条例に反し、マークは犬に紐をつけていなかった。「この子にはぜったいに紐をつけませんよ」と言った。彼はこの犬と一緒にここで暮らし、読書と創作をしていた。かなりの沈黙を経て彼が最近出した詩集は技法的に不可解で、そこかしこでかなり気ままに詩行が途切れるために意味が分からず、リズムのないものになっていた。ぱっと見たところではチャールズ・ブコウスキーの詩のような、か細く、くだけた、呟いては言い淀むような反韻文だった。ありえないことに、マークの言葉には音楽が、抗いがたいジャズの旋律が遠くから響いている。どんな読者にとっても、ほんの数行でそれは明らかだ――実際にその詩を読んでみれば分かる。マーカス・エイハーンは筆舌に尽くしがたいものを言葉にしようとしているのだ。彼は語り手の心を、読者が実際に読む「いま」と「ここ」というその場所に現出させる。実に稀有なことだ。サミュエル・ベケット。ジャン・フォラン、イヨネスコ――作曲家のビリー・ストレイホーン。マークは自分の創作を「魂の即興」と言い、その言葉はもともとパウル・クレーのものだと教えてくれた。「ペンとノートを取り出して、あとは心に従うんですよ」と言った。彼が話したがっているのが分かった。ここスローカム・ポンドの先端部で、緑色の松の木々と黒くねじ曲がったオークの木々に囲まれているそのときの我々から十六キロ先にある、ケープコッドの渦巻き形の尾のような地形を作った、螺旋状の水の流れの力、風、形而上学的エネルギーについて。それに加えて――とエイハーンは言い足した――彼は生まれ変わりについての考え方を改め、いまやそれは純粋に比喩的なものだと信じていて、「聖人や仏陀がそれで楽しんでいるとしても言葉遊びにすぎない」と言っていた。生まれ変わりなどということについて、私が何か言えるだろうか？　それが虚構にすぎないことを祈る程度だった。何といっても、自分一人の現在の混乱した存在ですら手に余って仕方がなかったのだから。もう数か月にわたって、馴染みの出版社からは新しい出版契約についてのらりくらりとごまかされ、最近はミシガン大学の面接でしくじり、七年間連れ添った妻は、まさにそのとき車を走らせ、十一時に弁護士と離婚の相談をするために州間高速道路6号線をハイアニスに向かっているところだった。地平線の端から端まで、空には黒い雲が立ち込めていた――それはただの比喩ではなく、我々の頭上に実際に広がる、無音で縮んだケープコッドの冬の風景だった。「まあ」と私は言った。「もし聖人たちから見て、生まれ変わりというのがやってみる価値のあるゲームなのだとしたら……」するとマークが割り込んできた。「確かに、何かが何度も繰り返し起きている。でも、だからどうだというんです？　僕らが息を吸っては吐いているだけかもしれない」。我々は呼吸の比喩を使う必要はない、と私は指摘した。「君はそのものずばりの話をしていたじゃないか」。マークは笑い、私の肩に腕を回すと、『帝王《キング》とのひととき』という本のことを聞いたことはあるかと訊ねた。もちろん初耳だし、著者のロン・ブライトとオーパル・ブライトも聞いたことはない、と私は答えた。

あれ以来、私なりに調べてみた。一九五八年四月、エルヴィスのアメリカ陸軍入隊から二週間後、アーカンソーのある農夫が、種を蒔いたばかりのトウモロコシ畑の畝に沿って歩いてくる人影を目にした。「十メートルくらい離れたところで立ち止まって、地平線を眺めてたんです。ブルージーンズに白いTシャツ、バイカー用のブーツという格好の若者で――それから俺、ロン・ブレイン・ブライトに目を向けました。俺はすぐに言いましたよ――あんた、キングじゃないか！」

エルヴィスの幻は言った。「ロン、テキサス州キンブロにいる君のグレイス伯母さんが旅立ったよ。伯母さんは今朝、天国の黄金の通りを僕と歩いていた。君に伝えてほしいと言って、僕をここに遣わしたんだ」。そして踵を返して畑の向こうに戻っていき――「ローム土に本物のブーツの足跡を確かに残して、道を耕すようにして」――そして消えていった。

農夫ブライトが家に戻ると、扉の網戸に電報が挟んであった。そう、グレイス伯母さんが世を去ったのだ。

それだけでも驚くべきことだが、さらに信じられない事態が待っていた。彼の妻オーパルが家の裏手にある果樹園から戻ってくると、こう言ったのだ。「ロン、梨の木のまわりをエルヴィス・プレスリーが歩き回っているのを見たのよ。そして、何気ない口調でわたしに話しかけてきた」。ロンは「俺も会ったんだ！」と言った。「グレイス伯母さんは天国にいるって言ってた？」とオーパルが訊ね、ロンはウエスタン・ユニオン電信会社からの黄色い紙を見せた。

「でも」とロン・ブレイン・ブライトは言った。「もしエルヴィスが本当に天国でグレイス伯母さんと一緒にいたっていうんなら、彼も旅立ったってことにならないか？　もしフォート・フッドで陸軍に入ってるんなら、どうして死ぬなんてことがある？」彼もオーパルも、そのときはさほど深くは考えなかった。

あとで夕食の席に着くと、オーパルは「こっちを見ないで！」と言って可愛らしい顔をナプキンで覆った。「さっきは言わないでおこうと思ってたことがあるの。君を天国に連れていってあげよう、とキングは言ったのよ」

まさにその翌日から、ポルターガイストが夜ごと訪れるようになった、とロン・ブレイン・ブライトは回想する。「キングにしかできない呻き声を小さく上げて、特に台所でカタカタ、ガチャガチャと音を立てていたんだが、別に荒っぽいわけじゃなく、何も壊しはしなかった」。主な手口は、台所のラジオでエルヴィスの歌がかかっているときに唐突に音量を上げるというものだった。また、一家の蜂蜜の瓶をいじるというものもあり、朝になると、瓶が倒れて蜂蜜が食料貯蔵室の床に漏れ出していることがよくあった。

前半と後半にきちんと分かれたその本は、続いてオーパル・ブライトの語りも収録している。オーパル本人によれば、みずからも蜂蜜を滴らせていたという「町から七十キロ近く離れたところに住む二十歳の女」だった彼女は、夜になるとポーチのブランコで片膝を立てて体を揺らしていたが、最初の段落からいきなり、「キング」との密通は「体に触れるような彼の呼びかけで始まった」ことを明かしている。寝室の窓から遠くにちらりと見えていただけだったのが、やがてくすぐるようになり、弱々しくもどうしようもなく「しっかりと離れがたいもの」になっていった。本人の語るところによれば、裸足で体を火照らせた彼女は、咲いたばかりの花の匂いを漂わせる南部の夜を歩き回っていて、通りかかっても花の多くはぼんやりとしか見えず、昼間の色は月と星によって洗い流され、一様に茄子色か暗紫色になっていた。刈り取られてひんやりとした草地、あるいはモデルDのジョン・ディア社のトラクターの幅広の牛革の座席といった「優しく親密な場所」で、オーパル・ブライトは「キング」と契りを交わし、じきに、ロン・ブライトの広い心もあって、「わたしとキングとロンは、寝室で一緒に過ごすようになった」と述べている。

「君を天国に連れていってあげよう、とキングは言いました。それは嘘ではありませんでした」

天国でのひとときは一年以上続いたが、家が全焼したためにブライト夫妻はただ同然で家を手放し、インディアナポリスに移り住んだ。

その小冊子の最後には、ブライト夫妻が名前を明かさない「インタビュアー」の質問に答えるくだりが二ページあり、彼らがその事態にどう対応していたかが語られている。オーパルが「ロン、そろそろ来るわ」と言う。触れられるとそれと分かるのだ。エルヴィスはいつも気配りがあって人当たりがよく、「優しい手つきと声だった」と夫妻はともに言う。ロン・ブライトによると、キングは「二人きりになりたいから俺に寝室から出てもらいたいと頼むことに関して、丁寧であると同時に申し訳なさそうでもあった。でも俺は別に気にしなかったよ」。そして、インタビュー中に妻がエルヴィスを「生涯の恋人」と呼んだことも気にはしていなかった。そして夫妻は、何よりもエルヴィスは悲しそうだったと語った。「亡霊のようで、悲しそうだった」

＊

シンドバッド二世は猫のようにキッチンの椅子に飛び乗り、うたた寝を始めた。マークはガスレンジのバーナーのあいだに置いてある二つのカップにコーヒーを注いだ——そのときキッチンテーブルは彼の戦利品たる文書に占拠されていた。「あの程度の証拠を集めるのに、総額三千ドルちょっとかかりましたよ」。彼は角のところをつまんで一枚を持ち上げた——「エステス＆フランクス&ハーマン法律事務所。メンフィスでは大手ですよ。料金はしっかり取りますが、調査員たちは信頼できる」。その紙をとんとんと叩く。「エステスはジョン・グリシャムとも付き合いがあるんです」

彼は読み始めた。「アンソニー・ロジャース・レステル、一九三五年一月八日生まれ、母親はサラ・ジェーン・レステル、父親は不明。出生証明書のコピーを添付。一九五三年にセントラル高等学校を卒業。社会保障番号の記録はなし」

「『お問い合わせの件につきまして』、云々かんぬん……電子化されたファイルとファイル化された文書の違いについて、このあたりは退屈だな……そしてここだ。『確実に申し上げられるのは、アンソニー・ロジャース・レステルは一九七五年以降、アメリカ合衆国で活動した記録を一切残していないということです。以下は確証があるわけではありませんが、自信をもって申し上げます。メンフィス市立セントラル高等学校を一九五三年六月に卒業して以降、アンソニー・ロジャース・レステルが合衆国において活動したという州および連邦の記録は残っていません。結論としましては、添付された出生証明書にあるアンソニー・ロジャース・レステルなる人物は、①死亡したが記録がないか、②海外に移って永住したか、③一貫して偽名を使ってアメリカ合衆国に居住しているか、のいずれかであると思われます』

「最後に、これも大事な点ですよ——『以前ご相談があったように、セントラル高等学校の一九五〇年から五三年の卒業アルバムの入手をご希望の場合はお知らせください。当事務所より、経費の見積もりを差し上げます』。そりゃもちろん、どの年のアルバムも見たいですよ。でも、一冊八百ドルとなったら、最終学年の一九五三年だけで手を打つしかなかった」。そしてちょっとしたダンスの動きをつけて、彼は緑色のビロードの表紙をさっと開くと、小指を立てて、光沢のあるページをめくっていった――「ここに興味深い顔が出ています。この女の子は今では五十五歳で、僕に対して接近禁止命令を出させている」

一目見て学校の卒業アルバムだと分かったし、もう少しじっくり見れば、載っているのは第二次世界大戦後のアメリカの高校生だということも分かった。エイハーンは一人の顔を指した。いかにも一九五〇年代の、可愛らしい若い女性の顔。わずかに微笑み、視線は少し逸れていて、見事な巻き髪。女子トイレでマフラーとカーラーを外してきたばかりなのだろう。首から上だけの白黒写真だったが、私には想像できた。茶色と白のサドルシューズ、足首のところで折り返した短いソックス、膝下まであるプリーツスカート。ためらいがちな笑顔は歯列矯正器をつけていたという過去を語っているだろうが、もうその矯正器も外れ、自分で思うよりも可愛らしくなっている。着ているペザントブラウスは綿の袖なしのプルオーバーで、ママやパパがいないときには伸縮性の襟ぐりを下げて両肩を出し、胸の谷間を少し見せながら、タバコを吸ったりソーダをストローで飲みながら異性にアピールすることができる。その写真に一撃を喰らったようにして、私は七歳のころに引き戻された。まさにそうした少年少女を盗み見て聞き耳を立てながら、世界最高に洗練された人たちなのだと思っていた、あのころに。

アリス・ミルドレッド・テイト
演劇部
科学部
吹奏楽部
恋人　バック・レステル

「マーク。禁止命令だって？」

「彼女にひとつだけ訊きたいことがあるんですよ。一九五八年以降、バック・レステルに何があったのかを知っているかどうか。もし、知っている、彼とは昨日一緒にコーヒーを飲んだっていうなら——そこまでだ。試合終了ですよ」

彼は一気にページをめくって、何度も見てきたところを開いた。「ワトソン君、彼が見えるかな？」

「なんてことだ。確かに」。左ページの一列目に、彼はいた。

アンソニー・「バック」・レステル
コーラス部

演劇部
恋人　アリス・テイト
「これが、エルヴィス・プレスリーの双子の兄弟ですよ」

＊

アンソニー・「バック」・ロジャース・レステルは、確かに若いころのエルヴィス・プレスリーにそっくりだったが、顔はふっくらとしていて、髪は角刈りだった。エイハーンは後ろのほうにページをめくっていき、学校生活の日常を撮ったスナップ写真のコラージュを見せてくれた――スポーツやダンス、廊下での休み時間。バックとアリスが抱擁してスローダンスを踊っている写真には、「心奪われて」とキャプションがついている。

エイハーンの戦利品には助産婦サラ・レステルの写真はなく、彼女だという可能性のあるものが一枚あるだけだった。黄ばんだ新聞に載った昔の広告に、女性の横顔のシルエットが写っている。「マダム・レステルの繊細な軟膏――この助産婦の成功の秘訣はこれ」とある。「これがサラ・ジェーン・レステルだとすれば、我々が見ることのできる彼女の姿はこれだけです」とマークは言った。そしてそっと鼻のシルエットに触れた。「この女性の息子バックが、もともとは赤ん坊のジェシー・プレスリーだった」

「ちょっと整理させてくれ。彼女が出産に立ち会い、そして赤ん坊を盗んだと?」

「赤ん坊を買ったんですよ。彼女と両親で、双子の兄弟の魂について取引をしたわけです。赤ん坊エルヴィスにはこの世での成功が与えられる。魔女には、自分の子供として育てる赤ん坊ジェシーが与えられる。あのおぞましい儀式のことはここでは想像しないでおきますよ。ケヴ、笑わないでくださいーーあの地域の人たちがとんでもなく迷信深いことは知っているはずだ。あなたの先祖には南軍の将軍がいるでしょう?」

「母親はスモーキー山脈の出身だが、そのことかな? 別に将軍だったわけじゃない」

「そうは言っても、ちゃんと分かっているでしょう。ヴードゥーやらまじないやら、腹わたでする占いやら。もうやってはいないにしても、オールド・スモーキーの人たちは、一九三五年には、しじゅう死んだ動物の腹を裂いて魔法をかけている。そんなのは怪しいとでも? 違いますよ。ともあれ、その手の迷信はしっかりと人の頭に残っていた。そんなのは怪しいとでも? 違いますよ。ともあれ、それが取引ですーー息子を一人手放し、もう一人の人生が輝いていくのを見届ける。取引が成立し、魔法はかけられ、〈支配と権力〉がすべてを握る。

「歳月は流れていく……」

「双子の彼はどんな人間だったのか?ーー気が弱くて温和な人間だった。意気地なし。太り気味で、怠け者で、ひねくれている。子供じみた食欲で、チョコエクレアといやらしい雑誌を好む。

お気に入りの音楽は？　ディーン・マーティンか、それともちょっと分かりやすくつまらないヴィック・ダモーンやペリー・コモ、ビング・クロスビーあたりか。若いころのクロスビーのように、バックも教会の聖歌隊に入っていた……偽の母親は、彼が聖歌隊の指揮者に誘惑されたかもしれないと思っている……母親は一生独身のままでした。結婚指輪をつけて、未亡人のふりをしている。

「そう、サラ・ジェーン・レステルはまさに望みどおりのものを〈権力〉から受け取ったんです——愛をもって育てる一人息子を。約束されたとおりのものを受け取り、それ以上でもそれ以下でもなかった。

「盗んできた息子の双子の兄弟であるエルヴィスが天上で燃え盛り、天空に弧を描いていくのをレステルは眺め、潤んだ目にその光がゆらめいた」（マークは本当にこう語った——詩人だったから、自分でも止められなかった）。「わずか二年ほどのあいだに、若いエルヴィスの前に、地上の宝物も無数の若者の心もみずからを開いた。レステルは嫉妬で息が詰まりそうだ。自分が行なった取引はお笑いぐさで、嘘だったように思えてしまう。彼女が契約を交わした相手は複雑で交響的なルシファー、痛ましく美しい魂を持ったミルトン的な天才だった。堕落した〈光の子〉が、彼女の息子の双子の兄弟であるエルヴィス少年にみずからを注ぎ込み、エルヴィスのさりげなく女性的な目つきとジャングルの叫びのような音楽によって、堕落した世界に語りかけている。それがレステルを苦しめるわけです。彼女は自分の息子バックもそこに入り込む手はないかと計画を練る――写真撮影かパレードのときの代役あたりでしょうか。彼女はパーカー大佐にその案を持ちかけ、アンソニー・「バック」・ロジャース・レステルの存在に気づいてもらう。メンフィスにいる、若いエルヴィスに瓜二つの才能ある少年です……そしてもちろん、放蕩の大佐はそこに餌食を、権力を、利益を嗅ぎ取る。それからは、哀れなルシファーの陰謀の例に漏れず、この陰謀につられて物事は進んでいきます。疑念という毒に冒された大佐は自分に不利な計画を立て、悪霊に対して悪霊を放ち、契約は崩壊する。血なまぐさい殺人がそれに続く。

「不良青年の歌手が服装も音楽も変えてソフトな路線に切り換え、より広い層に受けることをパーカーは望んでいました――そうなれば、さらに金が入ってくる。軍の徴兵通知が届いたとき、パーカーはそれをチャンスと見た。反抗者エルヴィスを殺し、おとなしい双子に取り替えてしまおうと。パーカーはまばたきひとつしなかった。襲いかかり、やってのけました。具体的にどうやってエルヴィス・プレスリー殺しが行なわれたのか――そこまで想像を巡らせるのは冒瀆になるからやめておきましょう。

「陸軍はパーカーにとって魔法のカーテンになってくれる。本物のエルヴィスはその背後に消える。陸軍にいるあいだはなるだけ露出を抑えておき、それから天才殺しはカーテンをさっと開ける。するとほら、新しくおとなしいエルヴィスがいて、スポットライトから二年間外れていたせいで前とは雰囲気が違うということになるわけです」

確かに違いはあった。この一九五三年の卒業アルバムに載ったバック、あるいはジェシーの目元は驚くほどエルヴィスに似ているが、目に熱情を燻らせてはいない。唇の形はまったく同じだが、口や表情は、エルヴィス特有の冷ややかな笑みではない。顎の輪郭はエルヴィスとほとんど瓜二つだが、顎の下に肉がつきすぎていて自堕落な感じがした。エクレアの食べ過ぎを物語っていた。それぞれの部分はかなり似ているのだが、全体としての、警察の人相書きのような印象は、どういうわけかまったく食い違っていた。「ジェシーは歌って踊ることができたし、エルヴィスほどカメラと相性がよくはなかったにしても、監督に指示されればレンズの前で感情表現をすることはできたんです。そして大佐に従い、キャリアを楽しんだ。少なくともそれに耐えた。

「物欲的な次元で言えば、パーカーには殺人を犯すだけの強い動機があり、おそらく欲の深い人間にとっては抗いがたい動機があった。といっても、パーカーの真の動機はオカルト的なものでした。彼はエルヴィスにとっての監督者、エルヴィスにとっての地方長官として自己主張したかったのであって、彼の地方とは〈凡人の地方〉だった。ケヴ、こう言ってもあなたが気分が悪くならないことを願いますが、エルヴィス・プレスリー殺しには生け贄という要素があったんです」

入隊の三か月前、本物のエルヴィスは、エイハーンに言わせればもみあげを「奪われる」ことに同意した。「おそらくは降伏の印として、あるいはもっとあけすけに言えば、パーカー大佐という邪悪な父親的存在を前にした象徴的去勢として。でも、パーカーはそれで十分だという気分にはならなかった。エルヴィスの命そのものを喰らうまでは」。話しながら、マークの指先は文書の上をさまよい、個人的な崇拝対象である巻物と遺物に触れては挨拶していた。そこにいる彼は、ほぼすべての面でまったく正常だったが、目の前のテーブルには、何千ドルもつぎ込んだ無意味な書類や本が並べられている。偽造者やペテン師に目をつけられるのは時間の問題だと思えた。マークが騙されやすく見えたわけではない。彼は見事なほど高貴な、波打つ毛虫のような眉毛をしていて、長方形の獣のようなその眉を赤と金色が際立たせ、見る者にのしかかってくる――彼のとび色の髪についてはもう話しただろうか？　彼の目は明るい青だと言ったかもしれないが、灰色と言うほうが正確だったかもしれない。眼窩のなかで脈打っているような目だった。彼に反論したいとは思わせない、そんな目だ。

「これがエルヴィス・プレスリーの双子の兄弟、ジェシー・ガーロン・プレスリーです。死産ではなく、未来のロックンロールの帝王と一緒に生きて生まれ、それを盗み出した妖術使いの助産婦サラ・ジェーン・レステルが偽の死亡証明書を記録して、十七年間自分の息子として育て、そして、悪魔崇拝者のトム・パーカーに引き渡した。パーカーは哀れなジェシーを二十年にわたって利用しましたが、そのジェシーもついにトイレで死に、兄弟であるエルヴィスの墓に埋葬された。エルヴィス本人はすでに死んでいました。殺され、亡骸は間違いなく焼かれて、遺族の手にも、彼を実の家族のように思っている何百万という人の手にも渡らないようにされた。

「悲しい話をしてもいいですか？

「サラ・ジェーン・レステルには、家族と呼べるのはこの世でジェシーしかいなかった。彼女がジェシーを大佐のそばに連れていくと、一九五八年、ジェシーはブラックホールに吸い込まれるようにして軍のなかに消えていった。唯一の家族である息子とのやりとりは、大佐を介してしか許されなかったわけです。そして一九五八年八月十一日、魔法使いのサラ・ジェーン・レステルは亡くなりましたが、その状況は怪しまれることはおろか注目されることもありませんでした――僕から見れば、たぶん大佐による毒殺ですが、まあそこはいいでしょう。

「マダム・レステルはひっそりと世を去りました。

「いまやエルヴィス・プレスリー二等兵となったジェシーは、育ての母の死を主人たる大佐から知らされ、テキサス州フォート・フッドで衝撃と悲しみに打ちひしがれた。まわりには、第三機甲師団第一中戦車大隊のA中隊の同志たちがいた。ですが、なぜ動転しているのかを彼は説明できず、『ママが、俺のママが……』と言うだけだった。彼が直接会ったこともない、彼にとってはどうでもいい生みの母のグラディスがグレイスランドで死にかけているという知らせをもらったとき、ジェシーはまわりのみんなが見ても強烈な嘆きぶりについて格好の言い訳をもらったわけです。

「ジェシーは愛するサラを人前で讃えることも悼むことも許されなかった。好きなだけ大声で泣きわめくことはできましたが、グラディスを想って泣きわめくならの話です。軍からは、グラディスの最期に付き添って葬儀に出るための休暇を与えられました。葬儀での彼は確かに泣きわめきましたし、式の前、式の最中、式の後と、何度も失神しました――すべて、サラ・ジェーン・レステルを想ってのことです。マダム・レステルは同じ日に、葬儀も弔う人もなく、メンフィス郊外のパイクヒル墓地に葬られましたが、彼女の墓はもうそこにはありません。エステス&フランクスによると、サラ・レステルの亡骸は親族の要請により掘り返され——彼女には親族なんていなかったんですよ——どこに移されたのかは不明です」。エイハーンは遠くの火事のように輝いていた。エドガー・アラン・ポーに取り憑かれたのだ。「サラ・レステルが移された先はおそらく、グレイスランドの邸宅のはるか下にある地下二階でしょう。螺旋階段、秘密の地下墓所があり、そこがジェシーを蝕む孤独な悲しみのための場所になると同時に、中毒性の腐敗の源、悪魔でもある母親の愛の源にもなった。そして彼女は、自分の地下墓所の二階上にあるバスルームの床で息子が死ぬまで、彼を養い続けた。ジェシー・ガーロンとエルヴィス・アーロン、二つの名前を持つ息子を。分身《ドッペルゲンガー》となった息子を」

*

マーカス・エイハーンの四作目の詩集『彼の喰らう夢』は、二〇〇一年の春に刊行された。そこに収められた四十三編のなかに五編の短い陽気な詩がちりばめられていて、ソマーズ・ガーフィールドという教授の日々の暮らしが描かれていた。それは私だった。ソマーズ・ガーフィールドは、ケヴィン・ハリントンのことだった。

たとえば、ガーフィールド教授は、物乞いが買ってきたばかりのコーヒーのカップにコインを入れてしまう——私はその一件を思い出したが、詩に使われたからといって気を悪くすることはなかった。それから、教室で自分を爆発させてしまい、もう消しようのない言葉でまた馬鹿な真似をしている様子を読んだ。そこから十二ページ進むと、私はデリのカウンターでサンドイッチを頼んでいて、隠しおおせていたはずの〈奈落〉に落ちている。別の人間による創作のなかを自分が半裸でうろつき回っているのを見ると、複雑な気持ちになりつつも、もっぱら憤りを覚え、利用されて侵害されたような気分になる、それは私が子供っぽいということだろうか。それとも心が狭いのだろうか——手書きの長い手紙で私はそう訊ねてみたが、そのほかの無数の手紙と同じく、マークがそれを受け取ることはなかった。紙に書いてみると、問いかけるときの口調はまず伝わらない——確かに傷ついてはいるが、そんなふうに感じる権利が自分にあるのかどうか、学問的に知りたいという興味もある……彼と膝を突き合わせて訊ねてみるしかない。ソマーズ・ガーフィールドは私なのか？　と。

もちろん、一九九一年にスローカム・ポンドで会ってから二〇〇一年に『彼の喰らう夢』が出るまでのあいだに、マークとは何度か顔を合わせていた。三、四か月に一度は電話で話もしていた。エルヴィスの件はいつも話題になったが、ソマーズ・ガーフィールドは一度も話に出なかった。ソマーズ・ガーフィールドの話は、マークを長年担当してきた編集者のエディソン・ステップトウの退職祝いがある秋口まで待ってもいいだろう。私にはほかにニューヨークに行く理由もなかったし、そもそもどこに行く理由もなかった——実際のところ、どこかに自分の場所があると主張できるような状況ではなかった。要するに、アンと私は離婚してウェルフリートの家を売り払い、アンはスペインに移住した。私はイリノイ州中部のかなりいい大学の英文学科の教員になったが、大学の名を出すことはできない。そこでは本当に不幸だったからだ。といっても、大学のせいではない。色彩も木の葉もない、湿っぽい冬の日を彷徨うというかとぼとぼ歩いても変化はなく、六月になろうが、いや四月だろうが八月だろうがまったく変わりはなかった。私はそのうち詩人としての人格を捨て、文芸批評家としての仮面をつけるようになり、それでかなり成功した。とはいえ、批評は現実ではない——本物ではない。だから、優れた批評家になったところで癒されはしない。ソマーズ・ガーフィールドの件でマーク・エイハーンと対決しようとするなかで、私は癒しを求めていたのかもしれない。私はステップトウの退職記念パーティーに招待もなく参加することにして、飛行機に乗り込んだ。

　この手のイベントはいまいちなことが多いが、今回は違った——企画者たちには高評価を与えていい、と私は思った。ミッドタウンにある高層の建物で、八十人ほどの祝賀客がくつろぎ、別れの宴のために用意された十ほどの大きなテーブルの近くでカナッペを平らげたりタダ酒を飲んだりしていた。酒があり、食べ物ももっと出てきそうだという期待に誰もが生き生きとしていた。その日がたまたまマーク・エイハーンの四十二歳の誕生日だということを私は知っていたが、マーク本人が覚えていたかどうかは定かではない。その前に彼と会ったのは一九九七年だった。それから四年が経ち、彼は体つきも足取りも重たげになり、陽気なパーティーのさなかにぼんやりとした様子で、自分の考え事に閉じ込もっていた。編集者にして助言者でもあるエディソン・ステップトウを避けようとしていたのだと思う。ステップトウはスピーチをして記念の盾を渡され、それを小脇に抱えると、突進してくるような自分の大きな顔、頭の上に浮かぶ藪のような茶色い自分の髪を追うようにしてあちこち回っていき、部屋じゅうを埋めていった。私は彼が好きになれなかった。功績は立派だと思っていた。とりわけ、マーカス・エイハーンをずっと支えてくれたことには満足していた。自分の出版レーベルのもとにステップトウが南北アメリカから集めた詩人たちの顔ぶれは気圧されるほどで、そのなかでもマークを最も傑出した存在にしてくれた。だが、このカリスマ編集者は、いつも自分のまわりに愛らしい巻き髪の若い女たちと、ほっそりした指の若い男たちを付き従えていた。しかもみんな詩人だった。彼らのせいで、私は居心地がよくなかった。

一瞬だけステップトウと二人きりになった。五番街の十四階にあるバルコニーで、新しい飲み物と改めての自己紹介——もう夜になりかけていた。紫色の空には、エンパイア・ステート・ビルの上に四つか五つの星が冠のように浮かんでいた。小さな妖精の崇拝者のように名編集者を取り巻いていたピーター・パンやアニーたちのボディガード軍団は、その話をし始めた。私はそのすきに、自分とマークとのあいだで最近持ち上がった問題——テューペロとメンフィスから送られたさらなる書類という、マークの最新にして最大の散財——について彼に相談した。私のお金ではないとはいえ、それでも心配だった。ステップトウなら耳を貸してくれて、口添えもしてくれるかもしれない――正直に言えば、彼が首を突っ込んでくれたらと期待していた。「一番新しい書類は、エルヴィスの出産に立ち会った医師の日記からちぎってきた紙一枚ですよ。マークはそれに八千五百ドル払ったと言うんです」

長身のステップトウは、間抜けな笑顔を崩さずに私を見下ろした。「エルヴィスの日記かい？」

「いえ、彼の医師の日記、それも一ページだけです。さらに、それが本物だと証明するために、彼の依頼した法律事務所は相当な金額を請求していて。マークがそんな調子で金を使い続けるなら――これもあれも買いませんかという人はいくらでも出てくるでしょう」

そうした言葉を受け止めつつも、明らかに一言も理解していないステップトウの表情を見て、私はすっかり気が動転した……そうとは知らずに、友人であるマークの秘密を暴露してしまったのだ。バルコニーの手すりを探り、そこを飛び越えて身投げしようかとも考えた。手っ取り早い逃げ道だ。こんな失敗をやらかしたとなれば、こう言うにかぎる。「いくつかの話をごっちゃにしてしまったかもしれませんね。もう黙ることにします」

ほかの人々がステップトウを連れていった――だがこの一件で、マークは自分の人生をさまざまな面で支配してきた情熱を、長年付き合いのある助言者にも隠しているのだと分かった。ということは、彼が打ち明けている相手は私だけなのか？

そのとき、エイハーンがバルコニーに出てきて私の腕をつかんだ。もうお祝いはこれくらいでいいでしょう、と言われてようやく、彼は人混みが嫌いだったということを私は思い出した。無料で食べられるケータリングの食事の匂いがしていたが、マークは出ていきたがっていた。「サーロインステーキをメダル代わりにもらうことにしたよ」と私は彼に言った。彼に急き立てられて、「すごいじゃないか」、「おめでとう！」と口々に言う親しげな声のなかを抜け、親しげな顔を通り過ぎていった——『彼の喰らう夢』は全米図書賞にノミネートされていた。マークは私の肘をつかんでその建物から連れ出すと、今夜には暑すぎるディラン・トマス風のトレンチコートをはためかせつつ、悪臭の漂う街路を歩いていった。

二ブロック西に、マークのお目当ての店があった。イタリア料理の匂いが漂い、いたるところでロウソクの火が揺らめいている。防空壕のようだと私は思った。彼は足を止め、店に入ってすぐの頭上に貼ってあるメニューを読んだ。その小さな光に向けられた顔は悲しげで、老いているとすら思えた。

同情はなしだ。私は馬鹿げて聞こえる言葉で彼を刺し貫くつもりでいた——ソマーズ・ガーフィールドは私なのか？

だが、二人で腰を下ろす前から、彼はコートのあちこちを探り、テーブルに分厚い茶封筒を叩きつけた。「あなたにこれを渡すべきではないんですが」

「じゃあ、渡さなければいいじゃないか」

「これはハント医師の日記の一部です。エルヴィス・プレスリーが生まれた夜に何があったのか、本当のことが書いてある。同じ医師による『赤ちゃん日誌』の記述とはまったく矛盾する内容です。ついでに言いますが、日誌のほうはＣＩＡのでっち上げですよ」

「なんてことだ」

「これはコピーです。原本は僕の金庫に入っている。法律の天才エステス＆フランクスからは、僕が持っているべきではないと警告されています。住居侵入で盗まれたものだから。それを電話であなたに話すわけにはいかなかった」

「これに八千五百ドルをはたいた、というのか。なんてことだ、マーク」

「大金ですよ。それに、この紙きれの出所はちゃんとしたものだと証明するのに、いまいましいエステスからは二千ドルを追加請求されました」

「ということは証明されたのか？」

「部分的には。ほぼ確定というか――十分に証明されています。エステスからの添え状がホチキスで留めてあります」

「マーク、ＣＩＡと聞かされた日には――」

「これはあなたに差し上げます。持っていてください。明日話しましょう。ケヴ、持っていってください！――別に爆弾が入ってるわけじゃないですよ」

私たちはキアンティワインの宴を始めた。楽しいものではなかった。

マークが酔っ払った姿は、一度か二度見たことがあったかもしれない。だが、酔ったうえに打ちひしがれている姿を見たのは初めてだった。どうやら、彼は金以外にも何かを駆使してミシシッピ州にかけ合い、新生児ジェシー・ガーロン・プレスリーの墓を掘り返させようとしたらしかった。体力も希望も尽きていた。「どれだけ証拠を積み上げても、あの馬鹿どもは納得しない。それに、侵害行為による法的権利は僕にはないと言う。自分たちは関心がないと言っているし、やる気があるのは僕だけです」。あとで、さらに酔った彼は言った。「でも、もっと証拠を手に入れることはできる。自分で墓を掘り返してみせる」。そして少ししてから、「想像してみてください。冷たくて黴っぽい土と、絡み合う根や土塊やぽたぽた滴る腐敗のなかに六十年以上入っていた子供の棺が引きずり出されるわけですよ」（別のテーブルにいた誰かが、「そんな大声で話さなきゃだめなのか？」と独り言を言っていた）。

十二時ごろ、私は彼をタクシーに乗せた。翌日は一緒に昼食をとろうという話になったが、どの店かまでは決めなかった。マークは少し明るい気分になったようだった。

彼はアッパーウエストサイドにいる友人たちのもとに向かい、私はほろ酔いで、過呼吸気味に晩夏の空気を吸いながら帰途についた。地下鉄に乗った少しのあいだ、エイハーンから渡された封筒を破って開け、コピーされた紙に目を凝らした。「……以上の事実から、真正であるという主張が優勢である（証拠物件A〜Hを参照のこと）。しかしながら、その主張を覆すほどではないにせよ、それをいくぶん弱めるいくつかの事実（証拠物件I〜Lを参照のこと）もあることに留意すべきである……」私はその紙を丸めてから、その件全体を圧縮して消滅させようとするかのようにできるかぎり折りたたみ、階段を上がって地上に出ると、酔った頭をホテルの枕に投げ出した――ダウンタウンの西二十三丁目にあるチェルシー・ホテルで、十九世紀に建てられた墓のような建物の木材は呻き、傾き、長きにわたるボヘミアン的な伝説を売りにし、ゆっくりと荒廃していく言い訳にしていた。レストランはない。ルームサービスもない。エレベーターについては思い込みを捨てよ。「掃除機も、ルールも、恥も外聞もない」と書いたアーサー・ミラーは、それでもそのホテルで数年間暮らした。私は芸術作品を目当てに泊まった。壁には床から天井まで絵が並び、あらゆる壁のくぼみや隙間を大胆な彫刻が守り、ビートニク時代のモビール細工の大群が航空師団のように天井から下がっている。チェルシーでは誰が姿を見せても不思議ではない――たとえば翌朝、私は小さな怪しいエレベーターに足を踏み入れ、四階で俳優のピーター・オトゥールと乗り合わせた。同じ空間にいて同じ空気を吸っていることが信じられず、「あなたはすごい人ですよ。『支配階級』でしょう、『アラビアのロレンス』でしょう――」といった調子で話しかけていると、ピーター・オトゥールは熱心に耳を傾けてくれたし、思わぬ賛辞をもらったと喜んでくれて、まるでそれらの映画の題名も、自分のことすらも初めて耳にしたかのようだった。彼は芸術作品に支配された狂ったロビーの中央で、まったく同じ言葉を彼に伝えようとする老夫婦に呼び止められていたが、笑顔を絶やさず、その二人の話に一分近くも誠実に耳を傾けていた――ちなみに、彼の青い目は本物だった。そのとき私は朝食ならどこでもいいと思って出かけるところだったが、フロントにあるラジオで、航空機、どうやら旅客機が世界貿易センタービルの南棟に衝突したというニュースが流れていたため、西に半ブロック行ったところにある三番線の地下鉄に乗って見に行くことにした。

八番街を目指しつつ、私は昼食の件でマーク・エイハーンに電話をかけようとしたが、携帯電話からは矢継ぎ早の信号音が繰り出されるだけだった。そんなことがどうしてありうるのか、とは訊かないでほしい――ホテルのロビーの雑踏を抜けて、混み合ったマンハッタンの通りを半ブロック歩き、世界貿易センタービルに向かう地下鉄に乗っていながら、街の全域にわたる大惨事のただなかに自分がいること、その中心に向かっているのだということに、私はまったく気づいていなかった。

世界貿易センター駅は二十三丁目駅から二、三駅南にあったが、地下鉄はそこまでたどり着かなかった。クリストファー・ストリート駅を過ぎてから、列車はトンネルのなかで止まり、低い音を立てたまま待機した。軋み、がくんとわずかに後ろに動き、また止まった。どういうわけか、地下に閉じ込められてはいても、すぐ近くでとてつもない歴史的事件が起きているという大まかな情報は広まっていて、私のいる車両は静かになり、ほとんど全員が役に立たない携帯電話とささやかに悪戦苦闘していた。列車は進み出して速度を上げたが、次のハウストン・ストリート駅のはるか手前でブレーキをかけ始め、駅で停車したときには後方の数車両がまだトンネルのなかに残っていた。張り詰めたその一分間ほど、誰もがささやき声でしか話さなかった。それから、「どうなっているのか教えてくれ！」という叫び声がひとつ上がると、次々に同じ叫び声が上がり、やがて車掌の車内放送が、線路、線路がどうのこうのと言い始めた……「大災害のため、この列車はこれ以上進めません。前方の車両に進んで、プラットホームに出てください。線路には降りないように」。私たちはみな席を立ち、我先にと動いて扉を目指した。だが、扉は開かなかった。列車のモーターは止まっていた。「扉を開けろ！　扉を開けろ！」モーターが動き出した。「いいからみんな動くな！」と叫ぶ男の声がした。後ろの車両から人々が無理やり入ってきて、誰かが倒れそうになった。「やめてよ、バカ！」と女性が言っていた。私の前の男は、そばにいた十代の少年を押していた。男はその少年の後頭部を握り拳の下部分で叩き始めた。そして私はその争いに飛び入りした。そうだろ、ハリントン、猿みたいに飛び込んだよな。そして、片目に肘打ちを喰らったというわけだ。車両の扉が一斉に開き、乗客は駅のホームによろめき出た。すると、ドレッドヘアで深紅のスポーツウェアを着た男が、ベンチの上でトランポリンのような動きをしつつ、「神よ、この地上で我々がおたがいになしていることを見たまえ」と叫んでいた。地上に出ると、頭がくらくらするうえに片目しか見えていないせいで、あたりの様子はよく分からなかった。南にそびえるタワーはひとつだけで、それも炎に包まれていた。近くにいた男に、「ここはどこです？　もうひとつのタワーが見えない」と訊ねてみた。「倒れたよ」という答えに、「まさか」と私は言った。男はそれ以上は言わなかった。私たちは何千人もの人々に囲まれて通りに立っていて、凍りついたパレードのように誰一人として動かず、そろって無言だった。私はその男の言葉を信じ始めた。見守っていると、炎は二十分ほどでビルの上のほうの階に達し、やがて、五百メートルを超えるビルは会釈をするように見え、左に傾き、そして崩れ落ちた。

私は振り向き、後ろにいる人々を見つめた。虚をつかれた笑い、流れる涙、恐怖、戸惑いを目にした。隣にいた若者は、声をかぎりにわめいた。ビルのなかに愛する人がいるのか、とは怖くて訊けなかった——怖くて話しかけることさえできなかったが、若者は苦悶するキリストのような顔を上げて私を見ると、いきなり笑い声を上げ、「あんた、ものすごい目のあざだな」と言った。私たちがいたところはビルから遠く——少なくとも一・五キロは離れていただろう——そのせいで地面の震動は感じなかったし、聞こえたのはサイレンの音と、口々に「通りから離れて！通りには出ないで！」と叫んでいる警官らしき声だけだった。それから、ほかの人たちの声——「国会議事堂が攻撃されてる！——ペンタゴンも！——ホワイトハウスも！」——もした。

南のほうから、埃とコンクリートの大きな破片にまみれたパトカーや救急車が走ってきた。自分でもなぜかは分からないが、私はその方角に歩き出した。するとすぐ、そうやってダウンタウンに向かっているのは自分だけだということに気がつき、逆方向に流れていくパニックの波はそれに逆らって進むには大きすぎたため、回れ右をして、北に運ばれていくままにした。

マークとの約束は忘れてしまった。マークも約束を忘れていた、と何年もしてから教えてもらった。

*

マーク・エイハーンは、おおっぴらに狂信者としてのデビューを飾ろうとしているのではないか、と私が思ったのは、彼が自作の朗読を中断して、エルヴィスの一九五六年のアルバム『エルヴィス』の一曲、「ラヴ・ミー」の歌い出しを口ずさんでみせたときだった――

僕を愚か者扱いしてくれ
意地悪くひどい扱いをしてもいい
でも愛してくれ……

――それを聞いて、全米図書賞授賞式の観衆は狐につままれつつも大喜びしていた。『彼の喰らう夢』は受賞はしなかったが、それでも彼は朗読させられたのだ。

年が明け、二〇〇二年の一月八日の早朝に私の電話が鳴った。エルヴィスの六十七回目の誕生日だったから、マークからの電話だろうと思ったが、エルヴィスの六十七回目の誕生日に礼儀正しく会話をするにはあまりに早すぎる時間だったため、私はそのまま留守電にした。一時間後に電話を取ると、留守番電話に伝言が入っていた。

「モーテルからかけてます。ケヴ、テューペロに来ているんですよ。墓地から戻ってきて、部屋に入ったところです。電話が泥だらけだな――」ここで雑音、ごそごそといじる音、拭く音。

「――ケヴ、棺を開けましたよ。小さな亡骸が入っていて、その顔を覗き込んだんです」

私はそれに対する返事を留守番電話に残した。彼からかかってこないので、こちらから何度も電話をかけた。二週間後、雲隠れしていたマークはひょっこり出てきて私と話をしたが、電話でだけだった。彼は最初に残した伝言――「墓地から戻ってきて」云々――を認めようとはしなかった。用心深く、謎めいていて、法の範囲から逸脱する発言はしなかった。「友達のエステス＆フランクスを忘れないで。あなたと同じく、彼らだって僕の友達だし、彼らのアドバイスに従って黙ることにします」。私は彼が答えても訴えられずにすむ質問を工夫した。「ジェシー・プレスリーの墓の中身について、今の君は満足しているか？」満足していますよ、と彼は言った。墓の下には棺があり、その棺のなかにはひとりの赤ん坊が入っていたと信じていた。それから彼はされに踏み込んだ。踏み込みすぎた。「分かりましたよ、もういいです。僕は墓を掘り返しましたよ。僕の魂にのしかかる、暗く重い罪です。でも、あの医師の報告書と、日記の記述はあなたも読んだでしょう。ほかにやりようがありますか？　あの医師のせいで、僕はほかにどうしようもなくなった」。彼は通話を切った。

九月十一日の夜以降、マークが八千五百ドルを投じた紙きれのことをすっかり忘れていたが、どこにあるのかは分かっていた。バスローブと長いズボン下、紐がほどけたままのブーツという格好で、私は外の汚れた雪景色のなかによろめき出て、イリノイで借りていた農家に付属していたガレージの木造小屋に向かった。車のなかに旅行鞄があり、そのポケットに、ごみか糸くずのように、マークの魂の重罪を強く後押しした動機が入っていた。

いかにも中西部の一月らしい、午後五時ごろの最後の日の光が地平線沿いの空で薄らぐ凍えたピンク色になっているところに出ていくと、冷えてしまった体はなかなか温まってくれない。家に戻って暖房の温度を上げ、床の送風口の上にキッチンの椅子を動かした。腰を下ろし、添え状を引きちぎり、そしてその紙を読んだ。

一九三五年一月八日
ジェシ《ママ》・ガーロン・プレスリー　午前四時出生　死亡?
エヴィ《ママ》ス・アーロン・プレスリー　午前四時三十五分出生

プレスリー家のある北サルティーロ通りに電話で呼び出される。電話をかけてきたのはA・トンプソン夫人で、陣痛の叫び声が聞こえたのだという。

午前四時十五分に到着。扉を開けた助産婦は、死産の子は自分が埋葬すると言い、枕カバーにくるんだ死産の子を抱えてすぐに夜に消えていった。

母親のグラディス・プレスリーはベッドに、父親のヴァーノン・プレスリーは台所にいた。若い夫は酔っているようだった。私には「俺たちが先生を呼んだわけじゃないんだ」としか言わなかった。

その状況での彼らの様子については、以下のように記しておきたい。生きて生まれてきた子への喜びはなかった。最初に死産で生まれた子への悲しみもなかった。二人目の子があっさり出てくるとすぐ、母親からは帰ってほしいと言われた。十五ドルという料金の話をすると、夫からは、自分が呼んだのではない、電話をかけたのは隣人だと繰り返し言われた。ひどく気まずくなったし、何ひとつ納得できなかった。特に、助産婦が死産の子を持ち去ったことには。死亡証明書の提出はできない、と私は言った。提出はしてもらわないと困ると二人は言う。法律を引用して、助産婦について詳細を教えるよう求めたところ、サラ・ジェーン・レステルという名前を教えてもらった。

まずは新生児の主要器官が動いていることを確かめ、訪問を終えた。

＊

そうだ。マークは新生児の墓を暴いた。もし彼から事前にそう教えられ、一緒に来て幇助して共犯者になってくれと言われていたら、私は引き受けただろうか？　二つ返事でありがたく引き受けただろう。彼の説を鵜呑みにしてはいないが、その妄想は尊重している。それに、彼の度胸は大したものだと思う。南部の古い墓地に漂う不健全な力は、どこか核爆発の被災地と似ている。前にも言ったと思うが、私の母方の家族はノースカロライナとサウスカロライナの出だ。その地域では、欠けていく三日月の下で夜に墓地をうろつこうとする頭がおかしいか好奇心に狩られた人間がいたなら、その足の下で墓が震えることを誰でも知っている。それこそ、その夜、テューペロ市の外れにあるプライスヴィル墓地でマーカス・エイハーンがしていたことだ。白い布をかぶせた懐中電灯の光を頼りに、墓を乱暴に扱い、冬の草の下に埋もれた「８６７」という金属の標識を探している。懐中電灯のほかにつるはしとシャベルを持ち、軍手と作業用の長靴、カーハートのつなぎという、すべてテューペロにあるシアーズの直販店で新たに買いそろえた服装だった。あとで私はそう教えられた。造園の仕事をしていたことがあるマークは、土を掘り下げていくやり方は心得ていて、一時間に六十センチを少し上回るペースで掘っていった。もし夜中の十二時に掘り始めたなら、午前三時には棺から漂う腐敗臭にたどり着いていただろう。そしてほどなく、六十七歳の赤ん坊の顔を覗き込んでいただろう――もし顔が残っていたなら。

マークは詳しい話はしたがらなかった。おそらく、棺を穴に戻して土をかけたのだろう。紛い物の亡骸、紛い物の文書、間違った手がかり、頭にくるほどのもつれ。それを彼はどう整理するのだろう、と私は思いつつ待った。何年も待った。

私の父が死んだ。マークの母が死んだ。私の母が死んだ。マークの父が死んだ。身寄りがなくなるやいなや、マークは女性との関係に深くのめり込んだ。六年間で三度の結婚。私はそれとは違う。結婚は二度としない。哀れんでくれてかまわない――アンのことがまだ好きだ。

最近では途切れがちになっているとはいえ、マークとのやりとりは心のこもったものだが、連絡を取り合わねばならない事情があるわけでもない。私たちはずっと友達同士だろう。だが、マークと私が別々の道を歩むことになったのは事実だ。

もうひとつある。マークは十五年前の二〇〇一年に出た『彼の喰らう夢』以来、一冊も本を出していない。

＊

六年前の春、私はブラックマウンテン派の詩人たちについて講演するためにポートランド大学に向かった。講演には一人も来なかった。指定の時刻に、一人の学生に案内してもらって英文学科の研究室から化学の大講堂に行き、そこにぽつんと残されてから五分以上経ったところで、蝶ネクタイ姿できびきびした動きの英文学科の講師がカナッペとコーヒーとジュースを載せたカートを押して入ってきて、マイクに向かって私を紹介し、二、三百ドルの小切手を手渡すと、ひっそりした無人の講堂でうれしそうに小声で事情を説明してくれた。講演プログラムの責任者だったシャーリーン・ケネディという女性が、おそらくは恋愛絡みの個人的な事情で精神に異常をきたしてポルトガルに逃げてしまい、放ったらかしにされたプログラムの運営は混乱の極みとなり、特に今回のささやかな訪問――私が今ここにいるということ――に関して何の告知もされていなかったのだ。私がマイクを前にしてこの演壇で待っていて、八十人分の軽食が用意されているというのは、深く葬られた秘密だった。司会者である講師は謝礼を私に渡して握手をすると、あなたがもうしばらくここにいてちゃんと仕事をしたふりをするなんてことは誰も期待していません、それからさらに申し訳ないのですが、僕も学科の懇親会があるのですぐに失礼しなくちゃならないんです、と言った。シャーリーン・ケネディ先生、あんたがどこにいたって、俺はあんたに中指を立てているからな。今となっては笑い話だが、そのときの私は、自分はなんて間抜けで運のない人間なのだろうと思った。

ところが、そこにマーク・エイハーンが現われた。

髪は長くもつれ、ひげは伸びていて、ぶかぶかのセーターを着て古い靴をはいていた。じっと見つめている私のほうに向かって立ち止まらずに歩いてきたが、どう見ても、来る部屋を間違えてしまったと思っているような雰囲気を漂わせ、足を進めながらもゆっくりと左右を向き、あたりをうかがっていた。ほかに誰かいないかと探していたのだろう。

「誰もいないよ」と私は言った。

私たちは抱擁を交わした。音を立てて、いくぶん湿りけのあるキスを頬にされた。彼は老けていた。髪は灰色になり、頬の皺は切り傷のように深かった。目は血走っていて瞳は青く、全体としては紫色に見えた。噂では、彼は何かの発作を起こしたということだった——酒か麻薬か、それとも躁鬱が激しくなったか……マーカス・エイハーンはそれまでの九年間で一冊も本を出していなかった。

それでも、彼の目にはユーモアと炎があった。「ツインズの死から会っていなかったですね」

「ツインズ？　ああ、そうか——ツインタワーのことか」。ツインタワー、双子《ツイン》のプレスリー兄弟、双子《ツイン》のエイハーン兄弟。そうした組み合わせは、彼の思考をかなり激しく揺さぶっていたに違いない。そのことに初めて気がついた。

マークと私は舞台の袖に並んで座り、足をぶらぶらさせながら、三角形にカットされたサンドイッチを食べた。左側の壁には元素の周期律表があった。右のほう、高いところに並ぶ窓のすぐ外には、日没の色に染まった常緑樹がこんもりと茂っているのが見えた。私たちの後ろの演壇の両脇には座り心地のよさそうな椅子が二脚あって、壇上での対談という私の知らなかったその日の予定を示していた。するとマークが、その対談の進行役というか相手役を自分が務めることになっていたのだと言い出した（シャーリーン・ケネディがちゃんと仕事をしていたなら、その情報は私にも届いていただろう）。マークはポートランドから車で二時間のところにあるオレゴン大学ユージーン校で何年も教えていた。「もう本を出さなくなって以来、仲間扱いしてもらえるんですよ。終身雇用してくれようとしているらしいです。でも、なかなかしんどいですよ、ケヴ。そうしてほしいと思っているふりをさせられる」

私は勤め先の中西部の大学で終身雇用してもらいたかった。私はその程度の人間だった。だが——「マーク」

「何ですか」

「エルヴィスの件を……誰かほかの人に話したりは?」

「していませんよ」

「奥さんたちにも?」

「とんでもない。ミス・ハントリーと出会ったときでさえ、あの時期はもう終わっていましたよ。ちなみに彼女は最初の妻です」

「あの時期、とは」

「エルヴィス陰謀論にはまっていた時期全体です。かなりのめり込みましたが、終わりはあった」

「知っているのは私だけなのか」

「最初からそうです」

「どうして私にだけ打ち明けた?」

真実が近づいてくるのが見えたと思った。彼の顔にその真実が現われ、そして——告げられることなく——消えてしまった。その代わり、彼の顔はこう言って嘘をついた。

「どうしてあなただったか? エルヴィス・プレスリーに心を動かされるのはどういうことか、あなたは知っているからですよ。馬鹿みたいに聞こえることは分かっています。でも、あなたは知っているはずだ。僕もそれについては確信がある。それから、別の理由もあります。ケヴ、あなたは傷つきやすい——子供のころに経験した恐怖からまだ抜け出せていないような、そんな雰囲気がある」

「それはもっともらしく聞こえるな――だが、違う。君は隠しているだろう」

「僕が何を隠しているんです？」

「マーク、私はこの世で君の作品を誰よりも丹念に読んできた。君がいつ嘘をついていて、いつ本当のことを話しているかは分かる。ほとんどいつも本当のことを話してくれるがね」

沈黙があった。彼は三角形のサンドイッチを脇によけ、自分が話していない言葉を味わうかのように唇を動かしていた。私たちの左側を走る壁を眺め、元素の周期律表、物質的存在の分類とそれに割り当てられた記号をじっと見つめていた。その目が動いていないことに私は気づいたが、もし特定の元素に視線を向けているのだとしても、それがどれなのかは分からなかった。なんてことだ、と思った。あのマーカス・エイハーンが言葉に詰まっているとは。

「僕はランスの墓碑に『神々は彼を崇拝した』と書いてほしかった。それは強烈すぎると両親に反対されました」

「それで、墓碑には何と？」

「選べずじまいでした。もう一人の双子にも墓碑を選べなかった。兄が二人並んで埋葬されていると話したことはありましたか？　一・五メートルと十八年隔たっていますが」

「墓碑はなしか」

「二人の名前だけです。ランカスター・スミス・エイハーンと……」

「もう一人は?」

「ソマーズ・ガーフィールド」

私が受けた衝撃は、顔にありありと出ていたのだと思う。目も口も、顔のほかの部分を呑み込むくらい大きく開き、私は路上のパントマイムのように真上に飛び上がった。

マークは笑い声を上げた。「その名前を覚えていたんですね! 『親愛なるハリントン教授とソマーズ・ガーフィールドはどういう関係なんだ?』と一度も訊かなかったのはどうしてなんです? 僕がどれだけその質問を待っていたか、知っていますか?」

なるだけ冷たい口調で、私は言った。「マーク、質問はもういい。答えは何だ?」

「ケヴィン・ピーター・ハリントン、あなたはソマーズ・ガーフィールド・エイハーン、死産で生まれた兄の双子の兄弟の生まれ変わりです」

「私が君の兄さんだと?」

「ソマーズが生まれて死んだのは一九四九年七月十三日です。あなたが生まれたのはその一週間後。そうでしょう? 一九四九年七月二十日ですね?」

機械的に出た笑い声と、重さ五キロはあろうかという腹にずしりとくる感覚。私の人格に対してこんな厚かましくも狂った攻撃を受ければ、そういう反応になると思うのがふつうだろう。だが、そのときは違った。私は魅入られていた。マーカス・エイハーンと私が、惑星それ自体と星々の影響により、兄弟と名指されている——誰がそうしたことを決めるにせよ。その無人の講堂で、脇には元素の周期律表が見えるなかで演じられる、馬鹿げていて狂ったそのささやかな一幕に、私は心が解き放たれるように感じた。それまで聞いたこともなかった多くの元素に目を留めた――新たな元素たちがそこにあり、そして、自分自身もひとつの元素であって、量子のスープ、不確実性そのものからさっと飛び出てきたような気分になった。「君の兄さんか」。今でも、私はそう信じている。

＊

君の書くものは素晴らしい、と私は自分の学生だったときのマーカス・エイハーンに言った。僕のなかでは一番大事なことじゃないんです、と彼は答えた。

それが、彼の偉大さの秘密なのではないだろうか。熱中できるものがほかにあったおかげで、天賦の才能という重圧が和らぎ、耐えられるものになったのではないだろうか。

この国最高の詩人、マーカス・エイハーンは、十五年間にわたって一編の詩も、一行の詩文も発表していない。二日前、エルヴィスの誕生日に、彼はグレイスランドでメンフィス市警に逮捕された。エルヴィスという獣が目覚めたことが、創造的な爆発の現われと一致し、また優れた本が出るようになるきっかけとなったとしても不思議ではない。

二か月前、マーク・エイハーンから送られてきたEメールには、かなり昔の話が書いてあった。

キングとひとときを過ごしたという、あの話です。ロンとオーパルのブライト夫妻を覚えていますか？ その時系列によると、一九五八年十一月には、エルヴィスはもう亡霊になっていたことになる。天国の通りを歩いていた、と彼は言っていたわけですから——死亡していた。一九五八年に。

私はすぐに返信し、一九五八年にエルヴィスが天国にいたというその証明を受け入れるには、我々はまず死後の生、天国、亡霊といったすべての存在を信じなければならないと書いた。

マークは二日後に返信してきた。一本取られましたね。死後の世界、亡霊、天国、永遠——もちろん、我々はそれがあると思っている。でなければ、どこに楽しみがあるんです？ そして、二通目の結びには——

最初のメールの結びに、ピース／ラブ／エルヴィス、と彼は書いていた。そして、二通目の結びには——

エルヴィスを込めて。

訳者あとがき

二〇一七年五月二十四日、デニス・ジョンソンは肝臓癌によって世を去った。六十七歳だった。

本書『海の乙女の惜しみなさ』(原題 *The Largesse of the Sea Maiden*)は、彼の死から八か月後に刊行された。ジョンソンが死の直前に文章本体を完成させたということもあり、作者はアメリカ版の表紙のデザインを確認して間もなく世を去り、それ以降は妻のシンディー・リー・ジョンソンが編集者とともにレイアウトなどの細部を詰めていく形で作業を行ない、この遺作は刊行された。

『海の乙女の惜しみなさ』は、ジョンソンにとっては一九九二年の『ジーザス・サン』に続く第二短篇集である。表題作である「海の乙女の惜しみなさ」は、二〇一四年に『ニューヨーカー』誌に発表されたものであり、完成までには七年から八年を要したという。「アイダホのスターライト」は、ジョンソンが二〇〇二年に刊行した戯曲と同じ登場人物と設定をもつため、そこからのスピンオフ作品として、少なくとも部分的にはかなり早い時点で書かれていたと思われる(二〇〇九年にその一部を彼が朗読している映像を、今でもインターネット上で視聴することができる)。それらの短篇と、新たに書き上げた作品を合わせた五篇が、ジョンソンが生前に完成させた最後の作品となった。

ジョンソンが『ジーザス・サン』を発表してから本書を書き上げるまでの二十五年間、最高のアメリカ人作家という彼への評価は揺らぐことはなく、むしろ着実に高まっていった。ジョージ・ソーンダーズはジョンソンを「ヘミングウェイ以来もっとも詩的な短篇作家」と呼び、フィリップ・ロスは「苦しみ、壊れた魂のための使者」と形容した。英語圏では、必ずしも広く読まれているわけではないが、作家からカルト的に支持される作家を指して、“writer's writer”という表現がある。そうした“writer's writer”たちからも尊敬される書き手として、ジョンソンはしばしば、“writer's writer's writer”と呼ばれてきた。

社会的あるいは精神的な泥沼に陥り、もがき、救済を求めるアメリカ人の「声」を言葉として定着させ、美に昇華させてみせた、真にアメリカ的な作家として、ジョンソンは二〇一七年に議会図書館の“Prize for American Fiction”を受賞している（他の受賞者にはトニ・モリスン、ドン・デリーロ、ルイーズ・アードリック、アニー・プルーなどがいる）。作家本人は受賞すると知らされてから二か月後に世を去ったため、授賞式では、ジョナサン・フランゼンなど、ジョンソンへの敬意を公言している作家たちが登壇しての討論が行なわれ、最後にジョンソンの妻シンディーが故人の子ども時代から二〇一〇年代に至るまでの数々の写真を公開するという追悼イベントとなった。社交の場やカメラ向けの表情を作ることを嫌い、人前には滅多に姿を見せないことで知られるジョンソンは、次々に映し出される写真では満面の笑顔を見せていた。

改めて、ジョンソンの生い立ちと作家としての歩みを紹介しておきたい。アメリカ軍の関係者を父親に持つジョンソンは、一九四九年に西ドイツ（当時）のミュンヘンに生まれた。父親の異動に伴い、少年時代の数年間は東京で過ごしている。十代半ばでフィリピンのマニラに移り、合衆国に帰国すると、アイオワ大学の英文科で学んだ。そのままアイオワ大学の大学院創作ワークショップに進み、詩作を学んでいく（レイモンド・カーヴァーの指導を受けたと言われることが多いが、ジョンソン本人によれば、当時は詩の授業を取っていたためカーヴァーと直接やりとりをしたことはなく、トランプのゲームで一緒になった程度だという）。

マニラ時代から飲酒と麻薬の問題を抱えていたジョンソンは、一九七〇年代の大半をそれらの中毒との闘いに費やした。一九八〇年代に入ってから、長篇小説『天使たち』（一九八三年、未訳）を皮切りに小説作品を発表し始める。核戦争後の近未来を描く長篇『フィスカドロ』（一九八五年、未訳）やニカラグアの内戦を題材とする『真昼の星空』（一九八六年、未訳）などを経て、雑誌『ニューヨーカー』に掲載した作品などを収録した短篇集『ジーザス・サン』により、ジョンソンはカルト的に支持される作家となった。

ジョンソンがより広く知られる存在となり、評価が決定的になるのは二十一世紀に入ってからである。二〇〇七年に発表したベトナム戦争小説『煙の樹』によって全米図書賞を受賞し、二〇一一年には中篇小説『トレイン・ドリームス』（未訳）がピュリッツァー賞の最終候補となった（その年は受賞作なし）。その後、現代の西アフリカを舞台として、グレアム・グリーンをお手本にしたというスパイ小説『笑う怪物たち』（二〇一四年、未訳）を発表している。

五冊の詩集、三冊の戯曲を発表し、画家とコラボレーションを行ない、アメリカ各地からソマリア、イラクなどの紛争地までを取材してルポルタージュを発表するなど、ジョンソンの活動は実に多岐にわたっている。ジム・トンプスンの小説の映画化にあたって脚本の執筆を引き受け、あるいは『ジーザス・サン』収録の短篇「緊急」が短篇映画化された際にはカメオ出演するなど、映画と関わりのある作家でもあった。

『海の乙女の惜しみなさ』は、『ジーザス・サン』と同じく、どれも一人称の語り手をもつ短篇によって構成されている。第一短篇集においては、語り手はいずれも魂の泥沼深くに沈み込み、業火にあぶられながら、どん底でかすかな光を探し求めていた。それと比べると、『海の乙女の惜しみなさ』の語り手たちは、同じく魂を焦がすような葛藤の当事者であるときもある一方、観察者としてその場に居合わせているという設定の短篇のほうが多い。結果として、抑制が効いた語り口が全体を支配しているが、その随所に、人生の奈落をふと垣間見る瞬間が刻み込まれている。

冒頭に置かれた表題作「海の乙女の惜しみなさ」は、二十一世紀の広告業界で働く初老の男性（名前は作品の終盤になってようやく明かされる）を語り手として、過去の結婚生活から、彼が暮らすサンディエゴでの人生模様、久しぶりに訪れたニューヨークでの出来事などが断章形式で語られる。明確なプロットを与えず、エピソードの集積として物語を構成するスタイルにより、現代におけるアートや物語の役割、満たされない欲望など、実に多面的な主題が、ジョンソン特有の自虐的なユーモアを交えながら展開していく。

続く「アイダホのスターライト」は、一見してジョンソンが長年居を構えたアイダホ州の田舎の風景を思わせるタイトルだが、冒頭からまったく異なる舞台と人生模様に突入する。アルコール依存症を克服すべくリハビリ施設に入所した語り手マーク・キャサンドラは、ジョンソンの戯曲にしばしば登場するキャサンドラ一家の三男である。「キャス」と自称するそのマークが、家族や友人などに宛てて綴った（空想上の）一連の手紙という形式で、物語は進行する。完全にばらばらになって暴走するほかなくなった家族の姿や、同じくリハビリ施設でもがく周囲の人々、彼を苦しめる幻想などが生々しく語られる一方で、どこか空回りしたような乾いた笑いがつきまとう。ちなみに、本作に登場するボブ・コーンフィールドは、ジョンソンのかつてのエージェントの名前でもあり、前作短篇集『ジーザス・サン』はそのコーンフィールドに捧げられている。

「首絞めボブ」は、一九六七年の中西部アイオワ州に舞台を移し、語り手が十八歳のときに短期間入っていた刑務所での出会いを語る。さしたる理由もなく犯罪を犯し、外の世界との関係がおかしくなって収監された彼らは、監房と共用のスペースという狭い空間に集められ、そこでしばらく一緒に過ごす。やがて、語り手の監房仲間である「首絞めボブ」の口から、それまでとはまた違う「外」からの言葉が発せられ、語り手と二人の仲間の運命に絡みつくことになる。異なる作品同士のつながりを仄めかすことを好んだジョンソンは、この短篇を『ジーザス・サン』に収められた「ダンダン」の分身として提示している。

「墓に対する勝利」は、ある作家がノートに書きつけた日々の観察や思い出という形式を採用している。最初はその作家本人の体験、若き日のドラッグによる幻覚がオフビートな笑いとともに語られ、ついで、老境にあるダーシー・ミラーという別の作家が抱えた別の幻覚に話は横滑りしていく。テキサスの荒涼とした大地を舞台に、死の気配が全体を覆うなか、「老い」をめぐるさまざまなエピソードが重ねられて進行していくにつれて、無造作に鍵盤を叩くようにして開始された物語は、畏怖すら感じさせる和音にたどり着く。

ジョンソンは大の音楽好きであり、冗談まじりに「エルヴィスの生まれ変わり」を自称していた。そんな思いがついに形になったというべきか、最後に置かれた短篇「ドッペルゲンガー、ポルターガイスト」は、エルヴィス・プレスリーを通じて現代アメリカの精神史を描き出すという壮大な試みに乗り出している。詩人の大学教師ケヴィン・ハリントンを語り手とする、彼が出会った才能豊かな学生マーカス・エイハーンとの三十年以上にわたる友情の物語の中心となるのは、エイハーンが少年時代から抱え込んだエルヴィスにまつわる強迫観念である。エルヴィスは一九五〇年代後半に彗星のごとく現われ、一九七七年に死去した。だが、エイハーンはエルヴィスの生涯に関してまったく違う説を立てており、その自説を証明するべく奔走することになる。タイトルにもある「分身」と「亡霊」は、エイハーンの考えるエルヴィス伝説に欠かせない要素であり、それはやがて、二十一世紀のアメリカの歩みを決定づけた出来事にも見出されていく。

死、老い、運命、幻覚、分身、亡霊。こうした主題をちりばめ、ときにはみずからの死を覚悟していたかと思わせるような文章も書きつけながら、ジョンソンは最後まで持ち前のユーモアを失うことはない。さらに、断章や物語の最後、あるいは語り手が耳にした会話などで、ふらりと書きつけられた一言が読み手の頭から離れなくなる、その手つきには、ますます磨きがかかっているといっていい。長篇小説に関してはしばしば評価の分かれるジョンソンだが、本書は刊行されてから安定して高い評価を獲得し、彼の傑作のひとつに数えられている。

二〇〇七年、僕はアイダホ州北部にジョンソンを訪ねた。知り合いの編集者から教え子まで、一週間は誰でも好きに出入りしていいというその「カオス・ウィーク」には、実にさまざまな人たちの姿があった。強面の無頼漢というイメージが先行する作家だが、実際のジョンソンはすべての人を温かく迎え、全員に気を遣って話しかけたり、姪たちと遊んだりしていたし、僕を車に乗せて周囲の山地を案内してくれた。どこまでも優しい人だった。

二〇一一年に京都造形芸術大学のプログラムにジョンソンが招聘され、彼と再会することができた。秋から冬にかけてはアリゾナにある家で過ごし、自転車を乗り回しているというジョンソンは健康そのものの雰囲気だった。子ども時代を過ごした日本に何年か住んでみるのもいいかもしれない、とも言っていた。「次はアイダホで会おうな」というのが、ジョンソンからもらった最後の言葉だった。家族三人で訪ねていきます、と僕は約束した。でも、その約束は果たせずじまいだった。その代わり、こうしてジョンソンの遺した作品を翻訳する機会を得られたことに感謝したい。企画段階から引っ張ってくださった白水社編集部の藤波健さんと、いつもながら訳文を的確かつ細やかに見てくださった金子ちひろさんの力なくしては、本書の刊行は実現しなかっただろう。

なお、日本語版の表紙に使用されている装画は、ジョンソンと長く親交のあった画家サム・メッサー(ポール・オースターのタイプライターの絵で馴染みの方もおられるかもしれない)が、二〇一五年にジョンソンと共作した短篇映画『海賊デニス』(Denis the Pirate)のエッチングの一枚である。使用を快諾してくれたメッサーにも、ここでお礼を記したい。

本書の翻訳を支えてくれた最大の力は、僕の家族だった。二〇〇七年にジョンソンの『煙の樹』に取りかかったことで本格的に始まった翻訳者人生の第一歩から今にいたるまで、そのすべてを妻と歩み、分かち合ってこれたことは、僕にとって人生最大の幸運だとつくづく思う。妻に、そして、ふたりの歩みにまもなく加わった娘に、愛と感謝をこめて本書の翻訳を捧げたい。

二〇一九年三月　京都にて

藤井　光

訳者略歴
一九八〇年大阪生まれ
北海道大学大学院文学研究科博士課程修了
同志社大学文学部英文学科准教授
主要訳書
D・ジョンソン『煙の樹』、R・ハージ『デニーロ・ゲーム』、S・プラセンシア『紙の民』、R・カリー・ジュニア『神は死んだ』、H・ブラーシム『死体展覧会』、M・ペンコフ『西欧の東』(以上、白水社)、D・アラルコン『ロスト・シティ・レディオ』、T・オブレヒト『タイガーズ・ワイフ』、S・フリード『大いなる不満』、A・ドーア『すべての見えない光』(第三回日本翻訳大賞受賞)、R・マカーイ『戦時の音楽』(以上、新潮社)

〈エクス・リブリス〉
海の乙女の惜しみなさ

二〇一九年 四 月一五日 印刷
二〇一九年 五 月一〇日 発行

著者 デニス・ジョンソン
訳者 © 藤《ふじ》井《い》光《ひかる》
発行者 及川直志
印刷所 株式会社 三陽社
発行所 株式会社 白水社

東京都千代田区神田小川町三の二四
電話 営業部〇三(三二九一)七八一一
編集部〇三(三二九一)七八二一
振替 〇〇一九〇-五-三三二二八
郵便番号 一〇一-〇〇五二
www.hakusuisha.co.jp
乱丁・落丁本は、送料小社負担にてお取り替えいたします。

誠製本株式会社

ISBN978-4-560-09058-9

Printed in Japan

エクス・リブリス
EXLIBRIS

ジーザス・サン

デニス・ジョンソン　柴田元幸 訳

緊急治療室でぶらぶらする俺、目にナイフが刺さった男。犯罪、麻薬、暴力……最果てでもがき、生きる、破滅的な人びと。悪夢なのか、覚めているのか？　乾いた語りが心を震わす短篇。

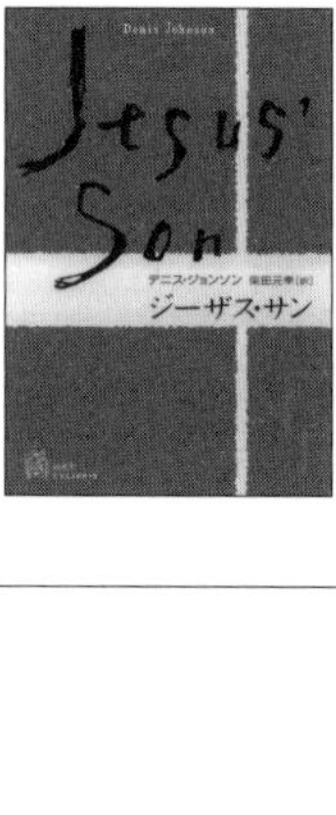

煙の樹

デニス・ジョンソン　藤井 光 訳

ベトナム戦争下、元米軍大佐サンズとその甥スキップによる情報作戦の成否は？　『ジーザス・サン』の作家が到達した、「戦争と人間」の極限。山形浩生氏推薦！《全米図書賞》受賞作品。